ullstein

Das Buch

Stella trifft in ihren Träumen auf den geheimnisvollen und leidenschaftlichen Gregoire de Serment, der sie Nacht für Nacht zu neuen Höhepunkten treibt. Jeden Morgen wacht sie jedoch enttäuscht alleine auf und erwartet voller Sehnsucht schon den nächsten Abend. Denn Stella hat ihr Herz an den übermenschlich schönen Mann verloren, der ihr so unglaubliche Lust bereitet. Dann stößt Stella auf Berichte von Frauen aus vergangenen Jahrhunderten, die ebenfalls von ihren erotischen Abenteuern mit »Greg« erzählen. Ihr wird klar, dass Gregoire alles andere als eine erotische Phantasie ist. Aber was ist er dann?

Die Autorin

Kerstin Dirks, 1977 in Berlin geboren, hat eine Ausbildung zur Bürokauffrau absolviert und schreibt seit mehreren Jahren erotische Romane, historische Liebesromane und Fantasy.

Von Kerstin Dirks sind in unserem Hause
außerdem erschienen:

Gib dich hin
Hotel der Lust
Leidenschaft in den Highlands
Das Lustschiff
Schülerin der Lust
Spiel mit mir
Teuflische Lust
Wie du befiehlst

Kerstin Dirks

Verführt

Erotischer Roman

Ullstein

Besuchen Sie uns im Internet:
www.ullstein-taschenbuch.de

MIX
Papier aus verantwortungsvollen Quellen
FSC® C014496

Originalausgabe im Ullstein Taschenbuch
1. Auflage Juni 2014

Umschlaggestaltung: ZERO Werbeagentur, München
Titelabbildung: © Ann Cutting/Trevillion
Satz: LVD GmbH, Berlin
Gesetzt aus der Berkeley Oldstyle
Papier: Pamo Super von Arctic Paper Mochenwangen GmbH
Druck und Bindearbeiten: GGP Media GmbH, Pößneck
Printed in Germany
ISBN 978-3-548-28637-2

Prolog

Wundervoll, wie sie sinnlich bebten. Diese süßen Äpfel. So weich. Ein ferner Schimmer lag auf der samtenen Haut. Verführte zum Berühren. Er streckte die Hand aus, streichelte vorsichtig die Knospe der jungen Frau, bis ihre Spitze unter seinen Fingern erblühte. Sie wuchs, öffnete sich, und die Brustwarze veränderte ihre Farbe. Verwandelte sich von einem zarten Rosa in ein kräftiges Rot. Rosenrot.

Ein Stöhnen drang aus ihrer Kehle. Sein Blick weilte auf ihren geschwungenen Lippen, die sich nun öffneten. Es sah aus, als lächelte sie vor Wonne.

»Bitte, Ihr werdet doch nicht zu weit gehen, Gregoire?«, flehte sie halbherzig. In ihren Augen lag Verlangen.

»Nur so weit, wie Ihr es mir gestattet, Mademoiselle. Sagt mir, wenn ich aufhören soll.« Seine Hand wanderte tiefer, über ihren nackten Bauch, der herrlich flach war, sich sogar ein wenig fest anfühlte. Perfekte, makellose Formen. Wie alt mochte das Mädchen sein? Kaum älter als achtzehn.

Sein Zeigefinger umkreiste ihren Nabel, erst langsam, dann schneller. Eine Gänsehaut bildete sich an ihrem Bauch, und die junge Frau kicherte.

»Ihr seid kitzelig«, stellte er entzückt fest und holte ein

Schnupftuch aus seinem Rock, mit diesem streichelte er sie zwischen den Brüsten bis zum Bauchnabel, um den Effekt zu verstärken. Nichts war schöner als das glockenhelle Lachen einer Frau, die noch unberührt war. Er hatte Erfolg. Das Kichern wurde lauter und süßer. Es steckte an, aber Gregoire konnte sich beherrschen.

Ihre Gänsehaut verstärkte sich. Amüsiert beobachtete er, wie sich die kleinen Erhebungen auf ihrer alabasterfarbenen Haut vergrößerten, ihre feinen blonden Härchen sich aufrichteten. Traumhaft. Dann jedoch ließ er das Tuch zwischen ihren Brüsten liegen, weil seine eigene Lust ihn zur Eile gebot, und seine Hand glitt tiefer, näherte sich ihrer Mitte, die er einzunehmen gedachte wie eine feindliche Armee die Burg.

Das blonde Schamhaar kräuselte sich zwischen ihren Schenkeln. Ein sinnliches Dreieck, das er nur zu gern liebkosen wollte. Der Atem der jungen Frau ging schneller, jetzt kicherte sie nicht mehr. Er kam ihrer empfindsamsten Stelle immer näher. Würde sie ihm erlauben, sie zu berühren?

»Soll ich aufhören?«, fragte er, als er bereits die kleinen Löckchen berührte. Jetzt fehlte nur noch die Länge eines Fingers, und er war am Ziel seiner Träume.

»Ich … ich …« Das Mädchen fing an zu stottern. Diese Unsicherheit gefiel ihm. Er hatte schon viele Frauen verführt. Aber die, die noch unsicher, ja sogar unschuldig waren, wie dieses Mädchen, die waren ihm am liebsten.

Durch sie entdeckte auch er die Lust ganz neu.

»Ich kann jederzeit aufhören, wenn du es wünschst«, erinnerte er sie und hob die Hand, so dass sie diese sehen konnte.

»Nein!«, entfuhr es ihr. »Nein, hört bitte nicht auf. Ich will Euch dort spüren.«

Sein Spiel ging auf, das Mädchen merkte das nicht einmal. Es war voller Verlangen.

»Wie du wünschst«, sagte er sanft und legte ihr die Hand nun besitzergreifend auf die Schamlippen, zupfte sie sanft, was die junge Frau leise aufstöhnen ließ. Oh, dieses Stöhnen. Es weckte sein Begehren. Frauen waren in dem Moment, in dem sie Lust empfanden, am schönsten. Ihre Augen wurden ganz dunkel, ihre Körper begannen zu beben. Nichts reizte ihn mehr als dieser Anblick, diese Schönheit, die ihnen inne war, wenn das Beben sich in ein Pulsieren verwandelte.

»Es ist … eine Qual«, wimmerte das Mädchen. Sie ahnte nicht, dass er ihren Höhepunkt ganz bewusst hinauszögerte, indem er immer wieder Druck aufbaute, ihn dann aber gleich darauf abflachen ließ. Er sah, wie sich ihre sinnlichen Lippen nun zusammenpressten, sie gegen den Kontrollverlust ankämpfte. Ein vergebliches Unterfangen. Das wusste er. Und sie würde es gleich selbst herausfinden.

»Ich kann dich erlösen«, sagte er verheißungsvoll.

»Ja, bitte … bitte tut es.«

Er streifte seine Breeches ab und offenbarte seine Erektion. Als die junge Frau sein Gemächt sah, weiteten sich ihre Augen vor Erstaunen. Und vielleicht sogar ein wenig vor Ehrfurcht.

»Ich hatte nicht geahnt, dass es …« Sie wagte es nicht, den Satz zu beenden. Unweigerlich fragte er sich, wie viele männliche Geschlechtsteile diese Unschuld überhaupt schon zu Gesicht bekommen hatte.

Langsam legte er sich auf sie, genoss die Wärme, die ihr Körper ausstrahlte und die auf seinen überging. Noch langsamer schob er sich ihr entgegen, glitt durch ihre Spalte und lauschte dem leisen Schmatzen, das von ihrer Vorfreude kündete und die seine weckte.

Die junge Maid schloss die Augen, an ihrem Lächeln sah er, dass es ihr gefiel, was er tat. Der Triumph war perfekt.

»Wird es wehtun?«, hauchte sie atemlos, ohne ihn anzusehen.

»Ein bisschen vielleicht. Aber danach wird es umso schöner.«

»Dann macht es schnell, bitte.«

Sie konnte es nicht erwarten, und er tat ihr den Gefallen, drang in sie, nicht heftig, jedoch mit nur einem Stoß. Sie stöhnte erst leise, dann lauter. Etwas gab nach, und schließlich war er tief in ihr. Gregoire spürte, wie sich ihr Körper ihm öffnete, sich an sein Eindringen gewöhnte, ihn mit glühender Wollust empfing.

Sie lachte leise, schaute ihn plötzlich an, wirkte irgendwie erleichtert. Wie wunderschön ihre Augen glänzten.

»Es war gar nicht schlimm«, flüsterte sie ihm zu.

Er lächelte. »Ich danke dir.«

»Wofür?«

»Für dieses Geschenk.« Ihre Jungfräulichkeit. Sie nickte ihm zu.

»Ich werde es schön für dich machen, damit du mich niemals vergisst«, versprach er und bewegte seine Lenden vor und zurück. Ihr Atem ging nur noch stoßweise, und ihr sinnlicher Geruch breitete sich um ihn herum aus. Er labte sich daran, glaubte gar, ihren süßen Geschmack auf der Zunge zu spüren.

Ein Aroma, das regelrecht seine Sinne vernebelte. Jetzt drohte auch er die Kontrolle zu verlieren. Aber das durfte nicht geschehen.

Ihr Unterleib bebte, zuckte. Diese Zeichen waren eindeutig. Er hatte dies oft gesehen, oft bewundert. Ihre Nägel krallten sich in seinen Rücken, durch den feinen Stoff hindurch, doch der süße Schmerz steigerte nur noch seine Lust. Die Luft wurde sehr stickig. Und es roch nach Schweiß. Nie würden sich ihre Körper noch einmal näher kommen als in diesem Augenblick. Für Gregoire war es Magie. Zwei Menschen, die eins wurden.

Für wenige Sekunden. Aber die Magie hielt nie lange genug vor, um von diesem Moment satt zu werden. Die junge Frau ließ ihn los und sank zurück auf das Kissen. Ihr Lächeln war jetzt noch schöner.

Vorsichtig zog er sich aus ihr zurück, um in seinem Schnupftuch zu kommen.

»Legt Euch doch noch ein wenig zu mir«, bat sie. Doch es war Zeit, Abschied zu nehmen.

»Ich muss fort«, erwiderte er. Auf diesem Ball waren viele hungrige Frauen, die sich nach ihm sehnten, nach Erfüllung, nach Lust. Nur er konnte ihr Verlangen stillen. Vielleicht war das arrogant, zumindest eingebildet. Aber er wusste um seine Qualitäten. Kein Mann war ein besserer Liebhaber als er.

»Wieso? Wohin müsst Ihr denn?«, fragte das Mädchen ängstlich. Allmählich ließ die Wirkung der Glücksgefühle nach, und sie fing an, wieder klar zu sehen.

»Mach dir um mich keine Sorgen.« Er suchte gerade nach seinen Breeches, als die Tür zum Gästezimmer aufsprang und ein Mann hereingestürzt kam, der ihn sogleich am Kragen seines Rüschenhemds packte.

»Ihr elender Bastard, was habt Ihr getan?«, fuhr er ihn an.

Geschickt befreite Gregoire sich aus dem Griff. Dies war wohl der Vater des Mädchens. Eine gewisse Ähnlichkeit war nicht zu verkennen. Die hohe Stirn, die roten Wangen, wenngleich sie aus anderen Gründen derart glühten als bei seiner Tochter, der der Lustschweiß noch auf der Nasenspitze glänzte.

»Zieh dir etwas über, schnell«, rief er der Kleinen zu, die nun ganz blass wurde. In ihren aufgerissenen Augen erkannte Gregoire, dass sie die Situation allmählich begriff. Wahrscheinlich verachtete sie ihn nun, aber das würde sich wieder legen. Zudem hatte er ihr eine wichtige Lektion erteilt, die sie nicht vergessen würde.

»Vater … ich …«

Er warf die Decke über sie, weil das treuherzige Ding nicht schnell genug reagierte, und baute sich vor ihm auf. »Euch eilt ein Ruf voraus. Und dieser ist nicht unbedingt der beste. Wie ich nun sehe, ist jedes Wort davon wahr. Ihr habt meiner Tochter die Jungfräulichkeit geraubt, Ihr wisst hoffentlich, was das bedeutet?«

Gregoire behielt die Ruhe. Solche Situationen waren ihm nicht fremd. »Ihr werdet mich gewiss gleich aufklären.«

»Sie war dem Grafen von Elsten versprochen! Doch der wird sie jetzt nicht mehr heiraten wollen.«

Die junge Frau brach in Tränen aus. Es tat ihm leid, aber

nun wusste sie, dass sie die schönen Worte eines liebeshungrigen Mannes besser nicht zu ernst nahm.

»Ich verlange, dass Ihr nun statt seiner meine Tochter ehelicht. Nur so könnt Ihr den Schaden wiedergutmachen.«

Er schob sich an dem Vater vorbei, warf einen Blick auf das arme Mädchen und zog sich dabei, wenn auch etwas ungeschickt, die Breeches über. »Eure Tochter ist sehr schön. Ein jeder Mann, der solch ein zauberhaftes Wesen seine Ehefrau nennen darf, wird sich geehrt fühlen. Aber ich bleibe doch lieber Junggeselle. Das entspricht mehr meiner Natur.«

Das Gesicht des Vaters lief noch mehr an, glühte nun puterrot, und seine Augen traten vor Zorn regelrecht aus den Höhlen. »Wie könnt Ihr es wagen, sie zurückzuweisen, nachdem Ihr meinem Augenstern das hier angetan habt?«

»Zu solcherlei Dingen gehören immer zwei, Monsieur. Gehabt Euch wohl.« Er deutete eine Verbeugung an und entschwand. Von solch einem ärgerlichen Zwischenfall wollte er sich den Ball nicht verderben lassen. Zum Glück konzentrierte sich der sorgende Vater auf seine Tochter, zumindest folgte er Gregoire nicht, der nun zum Festsaal zurückkehrte und in die Menge tauchte, Ausschau haltend nach einem weiteren, lohnenden Ziel. In diesem Moment entdeckte ihn die Marquise de Lonas.

Sie winkte mit ihrem Fächer und kam auf ihn zugeeilt, dabei schob sie die Gäste, die ihr den Weg versperrten, mit ihrem pompösen Kleid zur Seite. Atemlos erreichte sie ihr Ziel, und Gregoire musterte sie skeptisch von oben bis unten.

An ihrem Hals bildeten sich viele Falten, und selbst der Puder vermochte es nicht, ihr vergrämtes Gesicht auch nur annährend attraktiv erscheinen zu lassen. Ganz zu schweigen von den Trauben und Beeren, die in ihre Perücke gewebt waren. Auch diese wirkten nicht mehr allzu frisch. Was hatte er nur jemals an dieser Frau finden können?

»Lieber Gregoire, wie freue ich mich, Euch hier zu sehen!«, rief sie entzückt und fächerte sich hektisch frische Luft zu. »Ich kann Euch nicht vergessen. Nicht, nachdem Ihr mir all diese wundervollen Dinge gesagt habt.« Sie hakte sich bei ihm ein, doch er wollte sie am liebsten loswerden. Sie roch streng.

»Wisst Ihr noch, wie wir getanzt haben? Auf dem Fest meines Bruders. Zwei Monate ist das jetzt her. Aber ich musste dennoch immerzu nur an Euch denken.« Ihre Hand strich über seinen Rock. Es war ihm unangenehm, und er schob sie weg.

»Hört mich an, ich verstehe wohl, dass dies Erlebnis für eine Frau in Eurem Alter etwas Besonderes war. Bedenkt jedoch bitte auch, ich hatte viel getrunken.«

Die Marquise erstarrte. Nicht eine Wimper zuckte. Mit so viel Ehrlichkeit hatte sie nicht gerechnet. Doch es brauchte nur wenige Sekunden, ehe sie sich aus ihrer Schockstarre gelöst hatte und ihr Gesicht sich vor Wut verzerrte. »Was wollt Ihr mir zu verstehen geben?«

»Dass ich heute an etwas anderem interessiert bin, Madame. Bitte habt Verständnis dafür. Und wenn Ihr Euch umblickt, werdet Ihr erkennen, dass hier die süßesten Früchte zu finden sind. Was soll ich also mit einem Apfel, der längst vom Baum gefallen ist?«

»Wie … wie könnt Ihr es wagen?« Sie schnappte nach Luft.

»Beruhigt Euch, denkt doch an Euer Herz, meine Teuerste!«

Wütend drehte sie sich um, ließ ihn stehen, und er amüsierte sich köstlich über dieses alte Weib. Was hatte sie erwartet? Dass er sie in die Arme riss, die spröden Lippen küsste? Gregoire schüttelte über so viel Naivität den Kopf.

Doch er wollte auch nicht zu viele Gedanken an die Marquise verschwenden, sondern sich stattdessen auf die Jagd konzentrieren. Es war keine Ausrede gewesen, um die Marquise loszuwerden. Auf diesem Ball waren tatsächlich äußerst interessante Damen anzutreffen. Wohin er auch blickte, sah er pralle Äpfel in aufregenden Dekolletés. Manchen dieser samtenen Hügel schmückte gar der eine oder andere Schönheitsfleck. Es war schwer, eine Wahl zu treffen. Aber das Schicksal wollte ihm diese Bürde anscheinend abnehmen, denn schon im nächsten Moment stieß er mit einer jungen Frau zusammen, ganz unabsichtlich, versteht sich.

Sie blickte erschrocken zu ihm auf, und diese rehbraunen Augen versetzten ihm einen derartigen Schrecken, dass es ihm für einen Moment die Sprache verschlug. Diese Augen hatte er schon einmal gesehen.

»Chantine?«, flüsterte er ergriffen. »Du bist es wirklich. Chantine.«

»Gregoire de Serment?« Ein Lächeln breitete sich auf den puppenhaften Zügen der jungen Frau aus.

Gregoires Herz begann schneller zu schlagen. Viel schneller, als er es gewöhnt war. Ihre Augen ließen ihn nicht los. Sie verwandelten einen herzlosen Bastard wie ihn in ein sanftes Lamm.

»Das ist aber ein Zufall. Wie lange haben wir uns nicht mehr gesehen?«, fragte sie.

Viel zu lange! Mit zitternder Hand griff er nach seinem Ersatzschnupftuch und wischte sich über die Stirn, dabei blieb, wie er feststellen musste, ein Teil des Puders im Tuch haften.

»Ist dir nicht wohl?«

»Doch, es ist … alles gut.« Niemals hätte er gedacht, dass ihn ein Wiedersehen mit Chantine derart aus der Fassung bringen würde. Er erkannte sich selbst nicht wieder, war plötzlich der Jüngling von damals, der die schöne Chantine mit aller Kraft seines Herzens begehrte, sie heimlich liebte.

»Nun sag schon, wie geht es dir?«, hakte sie abermals nach.

Er bemerkte den Ring an ihrem Finger, und der Anblick versetzte ihm einen Stich ins Herz. Er hatte immer gewusst, dass dieser Tag kommen würde. Der Tag, an dem die schöne Chantine heiratete und für immer für ihn verloren wäre. Ja, offenbar gehörte sie einem anderen. Doch in diesem Moment war ihm selbst das egal. Sein Körper verzehrte sich nach ihr, noch ärger stand es um sein Herz, das vor Sehnsucht brannte. Gedanken rasten durch seinen Kopf, die ihm unter normalen Umständen niemals gekommen wären. Für immer mit dieser Frau zusammen sein. Mit ihr durchbrennen.

Es wäre ein Abenteuer! Ein Vergnügen. Ein Gefühl, als würde er endlich wieder richtig leben.

»Ich möchte mit dir reden. Allein im Garten. Bitte.« Würde sie mit ihm gehen, wenn er ihr endlich gestand, was er für sie empfand? Fühlte sie dasselbe? War sie bereit, alle Brücken abzubrechen, um mit ihm zu fliehen? Er musste es herausfinden.

Chantine lachte. »Ich kenne deinen Ruf, Gregoire.«

»Du verstehst mich falsch, ich möchte lediglich reden.« Auch wenn seine Lenden wild pochten, er hatte sich unter Kontrolle.

»Reden?« Sie schien ernsthaft an seinen Worten zu zweifeln. »Es war damals sehr schön. Aber jetzt bin ich verheiratet.«

»Bitte, Chantine. Schenk mir nur eine Viertelstunde. Um der alten Zeiten willen.« Als Kinder waren sie durch die Wälder gestreift, hatten sich dann aus den Augen verloren, um sich Jahre später wiederzutreffen. Auf einem Jahrmarkt hatte Chantine ihn zum Mann gemacht, ein erster Kuss, die erste Liebe. Danach war sie aus seinem Leben verschwunden.

Er hatte sie gesucht, aber nicht gefunden, und dann gehofft, ihr Wesen in anderen Frauen zu entdecken. Aber keine war wie Chantine, keine hatte ihn zähmen können.

»Bitte«, flehte er, und seine Kehle fühlte sich trocken an. Wäre sie geblieben, alles wäre anders geworden. Vielleicht wäre er jetzt ein verheirateter Mann. Nicht dieser Lump, den er insgeheim selbst verabscheute.

»Es ist dir sehr wichtig«, stellte Chantine fest und nickte zögernd. »Also gut. Im Garten.«

Erleichtert atmete er auf.

»Danke. In zehn Minuten dort. Komm allein, ich warte auf dich.«

Er eilte an ihr vorbei durch den Saal, griff nach einem Weinkelch vom Tablett eines Dieners und trat durch die große Flügeltür hinaus in die Nacht. Er war noch immer ganz durcheinander, doch ein kräftiger Schluck würde ihn beruhigen. Angenehme Abendluft wehte ihm entgegen. Nicht zu kühl, nicht zu heiß.

Der Garten stand in prächtigster Blüte. Ein Meer aus Rosen leuchtete silbern unterm Sommermond. Er ging ein Stückchen, trank erneut vom Wein und setzte sich an den kleinen Brunnen, wartete auf die hübsche Frau, die, so seltsam es auch klang, das einzige Wesen war, das ihn berührte, Gefühle in ihm weckte, die er fast vergessen hatte.

Sein Herz begann schneller zu schlagen, wenn er an sie dachte. Schweiß trat ihm auf die Stirn, er musste ihn abermals mit dem Schnupftuch abtupfen. Vorsichtig, damit er nicht noch mehr von dem kostbaren Puder wegwischte. In seinem Bauch tanzten Schmetterlinge. Er lachte leise. Was ging nur mit ihm vor? Er kannte die Antwort. Chantine war die Frau, die er liebte. Immer lieben würde. Bis ans Ende der Zeit. In ihrer Nähe wurde er albern und sentimental, doch es störte ihn nicht.

Ein merkwürdiger Druck breitete sich in seinem Leib aus. Etwas zog sich zusammen, und plötzlich flammte ein wilder Schmerz in seinen Eingeweiden auf, der ihn sich krümmen ließ. Er spuckte etwas auf den Boden, was wie Blut aussah. Erschrocken sprang er auf. Diese Schmetterlinge, die sich nun in reißende Bestien verwandelt hatten, hatten nichts mit Chantine zu tun, sondern vielmehr mit dem Wein.

Der Kelch fiel zu Boden, rollte den Weg hinab, während Gregoire über den Sandweg torkelte. Schwindel erfasste ihn, zwang ihn in die Knie. Was war in dem Wein gewesen?

Sein Herz raste, ihm wurde schwarz vor Augen, er stürzte

hin. Krämpfe schüttelten ihn, er rief um Hilfe, aber niemand hörte ihn oder wollte ihn hören. Das Treiben im Saal war viel zu laut, die Musik zu durchdringend.

Da wurde ihm gewahr, dies war die Nacht, in der er sterben würde. Er lachte und weinte über diese Erkenntnis. Dabei hatte dieser Abend so wundervoll begonnen. Ein Funken Hoffnung war in ihm aufgeglimmt. Die Hoffnung auf ein neues, besseres Leben. Eines, das er würde ertragen können.

Die Schmerzen wurden stärker, er stöhnte laut. Warum kam denn niemand, um ihm zu helfen?

Da endlich waren Schritte zu hören. Chantine, bitte lass es Chantine sein, flehte er insgeheim. Wenn er schon sterben musste, dann wenigstens in ihren Armen.

Er versuchte, den Kopf zu heben, doch er sah alles nur verschwommen. Eine Frau beugte sich über ihn, aber es war nicht Chantine. Etwas Düsteres umgab sie. Und doch war sie ihm vertraut, wenngleich er sich nicht an sie erinnern konnte, was darauf hindeutete, dass sie eine von den vielen Mädchen war, die er in sein Bett gelockt hatte, ohne dabei ernste Absichten zu hegen. Junge Frauen, die er sich gefügig gemacht hatte, mit allen Tricks und allen Lügen.

Ihre Haare waren hochgesteckt, und ihr Kleid war so dunkel, dass man es in der Schwärze der Nacht fast nicht ausmachen konnte. Nur ihr Gesicht strahlte so hell wie der Mond.

»Mein armer Gregoire«, flüsterte sie und strich ihm über die Wange. Ihre Hände waren eiskalt. Er fing an zu zittern.

»Helft mir, ich flehe Euch an, helft mir!« Er wollte nicht sterben. Nicht so jung.

»Das könnte ich tun, aber dafür verlange ich auch etwas von Euch.«

»Wie könnt Ihr nur, in einem solchen Moment?«

»Jemand will Euch tot sehen, Gregoire.« Er ahnte, wer es war. Der Vater des jungen Mädchens von vorhin. Oder die alte Marquise. Aber gewiss gab es noch mehr Menschen auf diesem Fest, die ihm nicht sonderlich wohlgesinnt waren. Ein gehörnter Ehemann, eine verschmähte Lady. Er hatte viele Menschen gekränkt.

Ein weiterer Krampf schüttelte ihn, er stöhnte, schrie, aber die Frau blieb ungerührt.

»Was schwebt … Euch vor?«

»Ein Geschäft … legt Euer Leben in meine Hand. Das ist alles.«

Die Krämpfe wurden schlimmer, er hielt es nicht länger aus, und zum Nachdenken war nicht die Zeit. Also hob er zitternd die Hand und legte sie in die ihre, ohne zu verstehen, was ihre Worte tatsächlich bedeuten sollten.

Ein Lächeln huschte über ihre Lippen. Sie beugte sich tiefer vor und küsste ihn. Ihr Kuss wärmte ihn von innen, und die Schmerzen wurden gelindert, bis sie schließlich ganz verschwanden, er sogar in der Lage war, wieder aufzustehen, wie durch ein Wunder. Magie. Das konnte nur Magie gewesen sein.

»Wie … ist das nur möglich?«, fragte er und blickte an sich herunter. Nichts deutete mehr darauf hin, dass er gerade eben noch einen Kampf um Leben und Tod ausgefochten hatte. Da hörte er Schritte, sah in der Ferne Chantine. Sie war gekommen. Sie hatte ihr Versprechen gehalten. Es gab Hoffnung für sie und ihn. Er wollte zu ihr. Doch die

Frau an seiner Seite griff nach seiner Hand und zog ihn an sich.

»Vergesst nicht Euer Versprechen, Gregoire. Ihr gehört von jetzt an mir.«

Der Boden unter seinen Füßen bebte, und Hitze stieg von dort auf. Fast so, als stünden seine Schnallenschuhe in Flammen. Ein seltsamer schwarzer Nebel kroch an ihm hoch, drohte ihn zu verschlingen, hüllte ihn ein wie in einen finsteren Kokon.

»Was ist das?«, fragte er voller Panik. Aber der Nebel drang in seine Ohren, so dass er nur noch das Rauschen seines eigenen Blutes wahrnehmen konnte. Die dunklen Schatten raubten ihm die Sicht. Gregoire hustete, versuchte, sich aus dem Griff der Fremden zu befreien, doch sie war viel stärker als er, lachte ihn ob seines Bemühens aus. Und für einen winzigen Augenblick leuchtete ihr Gesicht in der Dunkelheit auf. Eine grässliche Dämonenfratze, wie er sie nicht einmal in seinen schlimmsten Alpträumen gesehen hatte. Doch dann löste sich die Kreatur vor seinen Augen auf.

Und er mit ihr. Gregoire verlor jeglichen Halt. Sie trug ihn weit fort. Fort von diesem Ort. Irgendwohin. Er musste ihr folgen, ob er es wollte oder nicht. Dieser Frau, deren Namen er nicht einmal kannte, die ihm doch vertraut war …

Gegenwart

»Was soll das? Wieso drehst du so durch?«, fragte Manuel, als Stella ihm den Karton mit seinen Sachen darin in die Hände drückte. Das Gewicht desselben ließ ihn ein Stückchen in die Knie gehen. Stella lachte leise. Offenbar wurde Manuel nicht nur schwach, wenn es um andere Frauen ging.

»Ich will, dass du ausziehst, kapiert?«

»Aber ich bin doch grade erst eingezogen.«

»Ja, das war der Fehler gewesen. Und ciao!« Sie knallte ihm die Tür vor der Nase zu, drehte den Schlüssel um und ging kopfschüttelnd in die Küche ihrer kleinen Anderthalb-Zimmer-Wohnung mitten in Manhattan. Jetzt brauchte sie erst mal einen Tee zur Beruhigung.

Manuel hatte vielleicht Nerven! Erst waren sie in dieser furchtbaren Kneipe gelandet, dann hatte er den ganzen Abend mit der Barfrau geflirtet, und nachdem Stella es nicht mehr ausgehalten hatte und früher nach Hause gegangen war, hatte Manuel die ganze Nacht durchgemacht.

Am Morgen stand er dann mit Knutschflecken und Lippenstiftspuren am Kragen vor ihr und tat so, als könnte er kein Wässerchen trüben. Stella hatte genug von solchen

Kerlen. Gab es überhaupt noch nette Männer? Zum Glück hatte er seine Sachen noch gar nicht ausgepackt gehabt. So war es ein Leichtes gewesen, sie ihm gleich in die Hand zu drücken. Stella mochte es unkompliziert.

Nachdem sie sich eine Tasse Tee gemacht hatte, setzte sie sich ins Wohnzimmer und schaltete die Stereoanlage ein, weil Manuel plötzlich anfing, Sturm zu klingeln. Das hatte ihr gerade noch gefehlt. Ein Verrückter!

»Ich kann dich nicht hören«, schrie sie gegen AC/DC an. Aber das bekam Manuel vermutlich nicht mit. Er hörte nur die Musik, genauso wie ihre Nachbarn, die sich gewiss nicht sonderlich über diese kleine Spontan-Party freuten. Egal!

Manuel gab irgendwann auf, und Stella verbrachte einen unerwartet grässlichen Tag, der eigentlich romantisch hätte enden sollen, hätte Manuel sich an die Spielregeln gehalten. Wie kam er überhaupt darauf, dass er damit durchkommen würde, wenn er mit einer anderen rummachte?

»Es war doch nur ein Kuss«, hatte er gesagt. War sie überempfindlich?

Andererseits verspürte sie nicht den Drang, um diese Beziehung zu kämpfen. Sie war zu oft enttäuscht worden. Die Beziehung zu Manuel war noch jung und frisch gewesen. Sie hatte es überstürzt. Holterdiepolter.

Kein Wunder also, dass bei dieser schlechten Planung alles schiefgegangen war. Vielleicht war sie für Beziehungen auch einfach nicht geschaffen.

»Du suchst dir die falschen Männer aus«, pflegte ihre Freundin und Kollegin Lizzy in solchen Momenten, die sich leider allzu oft wiederholten, zu sagen. Wahrscheinlich hatte Lizzy recht. Stella flog auf einen ganz gewissen Typ

Mann. Den unbändigen, unabhängigen Mittdreißiger, der allzu oft selbstverliebt war.

Dabei gab es doch so viele nette Männer, die ihre Partnerin gewiss auf Händen trugen. Aber nette Männer wurden Stella schnell langweilig. Das war sicherlich ein Teil des Problems. Sie wollte die eierlegende Wollmilchsau.

Der Tag zog sich in die Länge, und Stella wusste nicht viel mit sich anzufangen. Auf das Fernsehprogramm konnte sie sich nicht konzentrieren und sich auch nicht zu einem Spaziergang aufraffen. Das Wochenende hatte sich anders entwickelt, als sie sich das vorgestellt hatte.

Gegen Abend ging sie unter die Dusche, machte sich anschließend bettfertig und verschwand in ihrem Schlafzimmer, in der Hoffnung, bald einzuschlafen und diesen Tag so schnell wie möglich zu vergessen.

Stella stieg ins Bett und zog sich die Decke bis über den Kopf, schloss die Augen und versuchte krampfhaft, endlich einzuschlafen, als sie plötzlich eine Hand an ihrer Hüfte spürte. Zuerst glaubte Stella, sie bildete sich die Berührung bloß ein, aber als der Griff fester wurde, sprang sie erschrocken auf und riss die Decke zurück.

Eigentlich hatte sie Manuel den Schlüssel für ihre Wohnung noch gar nicht ausgehändigt gehabt, doch offenbar hatte er sich diesen ohne zu fragen genommen! Wie konnte er es wagen, in ihre Wohnung einzudringen! Ihr Angst zu machen!

»Ich habe dir doch gesagt, ich will dich nicht mehr sehen!«, fuhr sie ihn an.

»Das enttäuscht mich sehr«, entgegnete ihr eine völlig fremde Stimme. Das war zu viel für Stella. Wer, um alles in der Welt, war das? Trotz der Extremsituation versuchte sie ruhig zu bleiben.

Mit zitternder Hand knipste sie die Nachttischlampe an. In ihrem Bett lag ein fremder Mann! Sie schrie. So laut und schrill, wie sie es selbst noch nie gehört hatte. Und schon lag seine Hand auf ihrem Mund.

»Bitte, es gibt keinen Grund zu schreien.«

Stella sah das ganz anders. Wie war er hier überhaupt reingekommen? Was wollte er von ihr? Wer war dieser Kerl? Und was, um Himmels willen, hatte er an? Es glitzerte und schimmerte. An den Enden seiner Ärmel lugten Rüschen hervor. Und er trug eine weiße Zopf-Perücke mit zwei Reihen über den Ohren aufgewickelter Locken.

Der Fremde lächelte sie sanft an. Als wäre es das Selbstverständlichste der Welt, dass er bei einer ihm unbekannten Frau in diesem Aufzug im Bett lag.

Für dieses Verhalten und die obskure Kostümierung gab es nur eine Erklärung. Entweder er war verrückt – oder sie.

Stellas Herz schlug so schnell, dass sie fürchtete, jeden Moment in Ohnmacht zu fallen. Sie hatte schon oft gelesen, dass solche Menschen unberechenbar sein konnten. Wenn er sich Zugang zu ihrer Wohnung verschafft hatte, so war er gewiss auch zu ganz anderen Dingen in der Lage. Sie musste intervenieren – und das schnell.

»Ich nehme meine Hand jetzt herunter, versprecht Ihr, nicht zu schreien?«

Sie nickte hektisch, und er löste seine Hand tatsächlich.

»Wer … sind Sie?«, flüsterte sie aufgeregt und blickte sich nach irgendetwas um, was sie notfalls als Waffe gegen ihn verwenden konnte. Doch leider lag nichts in Griffnähe.

»Erkennt Ihr mich nicht wieder?«

Sie hörte ihm gar nicht richtig zu. »Hören Sie, ich mache Ihnen einen Vorschlag! Sie verschwinden von hier, und ich vergesse diese Sache. Keine Polizei, das verspreche ich Ihnen.«

Er schüttelte sichtlich amüsiert den Kopf. Das lief alles andere als gut. Doch wenn sie ihn in ein Gespräch verwickelte, konnte sie ihn vielleicht von seinem Vorhaben, was immer das auch war, abbringen.

»Was wollen Sie von mir?« Ihre Stimme zitterte. Doch der Fremde schien ihr nichts antun zu wollen. Er wirkte sogar recht sanft, geradezu geduldig.

»Ihr erinnert Euch tatsächlich nicht an mich?«

»Nein.« Oder doch? So ganz unbekannt war ihr dieser Mann nicht. Jetzt, da sie sich langsam beruhigte und seine Züge etwas genauer betrachtete.

»Ich helfe Euch auf die Sprünge.« Er nahm die Perücke ab, und das Haar in der Farbe dunklen Goldes floss ihm über die Schultern. Es sah verrucht aus. Ja, sogar sexy. »Ich habe Euch geholfen, Eure Lust zu entdecken.«

»Meine … Gregoire«, flüsterte Stella und konnte es gar nicht glauben. Sie lachte erleichtert. Ja, jetzt kam die Erinnerung zurück. Sie war damals achtzehn Jahre alt gewesen und hatte einen historischen Film im Kino gesehen, war fasziniert von den Männern in den Seidengewändern gewesen, und nachts hatte sie von einem von ihnen geträumt.

Es war ihr erster feuchter Traum gewesen. Und es waren noch viele weitere gefolgt. In ihren Träumen war ihr immer wieder derselbe Mann erschienen. Der Mann, der jetzt vor ihr lag. Der Mann, den sie damals begehrt, und von dem sie sich gewünscht hatte, er wäre real.

Die Tatsache, dass er nun hier war, konnte nur eins bedeuten. Sie träumte! Es bestand gar keine Gefahr.

»Ich bin nur Euretwegen hier. Dieser Kerl, der Euch gekränkt hat, dem werde ich eine Lektion erteilen, darauf habt Ihr mein Wort.«

Wie konnte er davon wissen? Weil es nur ein Traum ist, erinnerte sie sich. Und obwohl die starke Anziehung von damals allmählich wieder zurückkehrte, war Stella nun älter und vernünftiger. Damals hatte sie sich in diese Träume verrannt, die Realität aus den Augen verloren und aufgehört, in ihr zu leben. Es hatte Ausmaße angenommen, die gewiss nicht gesund gewesen waren. Und jetzt wollte sie es auf keinen Fall ein weiteres Mal so weit kommen lassen.

»Das ist nett. Aber hör zu, ich bin wirklich etwas fertig.«

»Ich könnte Euch trösten.« Seine Hände legten sich auf ihre Schultern. Es fühlte sich wundervoll an. Genau wie damals. Sie war versucht, es ihm zu gestatten, aber dann schob sie seine Hände rasch weg.

»Bitte, lass mich.«

»Verzeiht mir, Mademoiselle Stella.«

Die Versuchung war einfach zu groß. »Hör zu, ich stehe jetzt auf, gehe noch mal ins Bad, und wenn ich zurückkomme, dann bist du hier weg. Hast du das verstanden?«

»Warum soll ich denn gehen?«

Weil ihr diese Art von Träumen schon damals nicht gutgetan hatte. Zugegeben, sie waren aufregend gewesen, sicherlich auch normal für ein Mädchen in ihrem Alter. Doch die Leidenschaft, die er ihr vorgelebt hatte, war so intensiv gewesen, dass kein realer Mann sich daran hatte messen können. Möglicherweise war das auch die Ursache dafür, weshalb sie in der Liebe einfach kein Glück hatte.

»Tu es einfach, bitte.«

Er nickte.

»Gut«, sagte Stella und setzte ihr Vorhaben in die Tat um. Sie hielt die Handgelenke unter das kalte Wasser, um sich ein wenig zu beruhigen. Bewusst ließ sie sich Zeit. Doch als sie ins Schlafzimmer zurückkehrte, lag Gregoire immer noch in ihrem Bett. Jetzt sogar in Pose geworfen, fehlte nur noch die Rose im Mund.

»Ich ... hatte doch gerade zu verstehen gegeben, dass du ... wieso bist du noch hier? Ich dachte, du hättest mich verstanden.«

»Das habe ich auch. Nur habe ich es mir anders überlegt. Ich bin hier, um etwas für Euch zu tun.«

»Ich kann mich nicht darauf einlassen.«

»Das glaubt Ihr jetzt. Aber ich kann tief in Euer Herz sehen.« Er erhob sich, kam auf sie zu. Stella wich nicht zurück.

»Tanzt mit mir, ich bitte Euch.«

»Was?«, fragte sie völlig irritiert.

»Nur ein Tanz, mehr will ich nicht. Ich verspreche es Euch.«

Meinte er das ernst? Seine Augen funkelten auf merkwürdige Weise. Versuchte er sie zu hypnotisieren? Er wollte sie vergessen machen, dass dies nur ein Traum war, und ein wenig hatte er damit auch Erfolg.

Und schon lag ihre Hand in seiner, die andere auf ihrer Hüfte. Sanft bewegte er sich mit ihr. Stella war zu perplex, um etwas zu sagen oder zu tun. Und doch fühlte es sich nicht schlecht an. Im Gegenteil. Er strahlte Wärme aus. Und Sanftheit.

Vorsichtig drehte er sie herum. »Na, seht Ihr. Es ist doch nicht allzu schwer.«

Er lachte, und aus irgendeinem Grund musste sie mitlachen.

»Du bist wirklich der Gregoire aus meinen Träumen?«

»Oui, Mademoiselle, ich bin es wohl, Euer treuer Diener.«

»Diener?« Sie lachte.

»Es ist mein Ernst, Teuerste. Ich werde tun, was Ihr von mir verlangt. Schickt Ihr mich fort, dann werde ich gehen. Auch wenn es mir das Herz bricht.«

Sie schmunzelte. Na, das hatte eben zumindest nicht geklappt. Stella musterte ihn genau. Das Gesicht des jungen Mannes wirkte ehrlich, es war feingeschnitten, fast aristokratisch, was natürlich durch seine ungewöhnliche Aufmachung noch betont wurde.

»Wo kommst du auf einmal her, Gregoire? Wo bist du die ganze Zeit über gewesen?« Von einem Tag auf den anderen war er damals verschwunden. Es war für sie unerträglich gewesen, weil diese lustvollen Träume Teil ihres Lebens geworden waren.

»Genießen wir doch den Tanz, Mademoiselle. Zu viele Fragen trüben die Romantik.«

»Romantik?«

»Ich sagte doch, ich will Euch dienen.« Erneut wirbelte er sie herum. »Auf jede erdenkliche Weise, so Ihr es mir erlaubt.« Sein Blick weckte dieselben Gefühle wie früher in ihr, jedoch waren sie nicht mehr so intensiv. Sie war heute abgeklärter. Und an Romantik glaubte sie schon lange nicht mehr. Dazu hatte sie zu viele Enttäuschungen hinter sich. Männer waren in ihr Leben getreten und wieder gegangen. Keiner war bei ihr geblieben. Gregoire bildete keine Ausnahme.

»Ihr braucht Zeit, um nachzudenken«, sagte er plötzlich und streichelte ihr die Wange. »Das kann ich fühlen.«

Konnte er das wirklich?

Er löste sich von ihr, und Stella spürte eine unangenehme Leere in sich. »Wo … gehst du denn hin?«

»Habt keine Angst. Ich kehre zu Euch zurück. Wenn Ihr es mir gestattet.«

Sie lachte leise. Gestattet? Dieser Mann hatte mehr Macht über sie, als ihr lieb war. Das merkte sie jetzt, da er im Begriff war, sie zu verlassen.

»Das erlaubt Ihr mir doch, nicht wahr?«, hakte er nach.

Sie fühlte sich überfordert und hilflos. Aber da war er auch schon verschwunden. Hatte sich in nichts aufgelöst. Was nur ein weiterer Beweis dafür war, dass sie gerade tatsächlich träumte. Und als Stella die Augen aufschlug, lag sie in ihrem Bett, war schweißgebadet von dem Schreck und zugleich erleichtert, dass nichts von alldem real war. Und dennoch bildete sie sich ein, nach wie vor das süße Parfüm ihres nächtlichen Besuchers zu riechen, weil ihr Zimmer von dem Duft erfüllt war.

*

»Du siehst ziemlich müde aus«, stellte Lizzy fest, als Stella am nächsten Morgen zur Arbeit kam. Die Sonne strahlte durch die Fensterlamellen und blendete sie. Von dem grellen Licht bekam sie Kopfschmerzen. Und das jeden Morgen.

Das A-Key-Gebäude mit dem beeindruckenden Schlüsselsymbol auf dem Dach überragte das Häusermeer Manhattans, kein Wunder also, dass es hier oben im Sommer besonders heiß war – und besonders grell. Stella mochte ihren Job, obwohl er anstrengend und stressig war. Und sie hatte auch nicht vor, ihn bis an ihr Lebensende zu machen. Dazu war er zu schlecht bezahlt. Doch im Moment passte er in ihr Leben. Call-Center-Agentin. Das klang beeindruckend. In Wirklichkeit war es ein Telefonjob. Sie half den A-Key-Kunden mit ihren Problemen, bot Lösungen und Beratungen für jede erdenkliche Situation an. Dazu musste sie firm in allem sein, was mit den technischen Daten der Produkte zu tun hatte. In ihrem Privatleben mochte sie manchmal hoffnungslos verloren sein, wenn es jedoch um die Programmierung eines A-Key-TVs ging, so konnte sie hier auf ein ausgefeiltes Datensystem auf ihrem Computer zurückgreifen, um Kundenwünsche zu erfüllen.

»Ich habe ein grauenhaftes Wochenende hinter mir. Manuel und ich, das war einmal.«

»O nein! Nicht schon wieder.«

Stella hatte einfach kein Glück in der Liebe. Das war inzwischen im Büro bekannt.

Sie zuckte mit den Schultern. »Unsere Beziehung war noch frisch, ich komm drüber weg.« Wie gut, dass sie so früh gemerkt hatte, wie Manuel drauf war. So hatte sie noch keine tiefer gehenden Gefühle investiert.

»Du musst jemanden wie Jack finden.«

Stella lachte. »Ich war es, die Jack gefunden hat«, erinnerte sie ihre Freundin.

»Ja, aber du hast ihn mit mir verkuppelt.«

»Ich steh nicht so auf den Typ bester Kumpel, verstehst du?« Stella und Jack kannten sich noch aus der Schulzeit. Sie hatten oft miteinander abgehangen. Heute war das nicht mehr so.

»Vielleicht ist das der Fehler? Jack und ich sind verlobt, ich könnte mir keinen besseren Mann vorstellen.«

»Freut mich für dich, ehrlich.« Aber Stella suchte etwas anderes. Es musste nicht unbedingt ein Badboy sein. Doch eben auch kein Softie. Eine Beziehung mit jemandem wie Jack Newmar konnte sich Stella nicht vorstellen. Sie brauchte die Herausforderung, vielleicht auch das Abenteuer. Möglicherweise stimmte aber auch etwas nicht mit ihr?

»Guten Morgen, die Damen«, riss sie plötzlich eine fremde Stimme aus ihren Gedanken. Ein Hüne im Anzug stand vor ihrem Tisch und rückte seine Krawatte zurecht.

»Können wir Ihnen helfen?«, fragte Lizzy, ebenso von dem unerwarteten Besuch überrascht.

»Ganz sicher. Mein Name ist Dustin Reed.«

Sollte ihr dieser Name etwas sagen? Sie blickte hilfesuchend zu Lizzy, die nur mit den Schultern zuckte.

Mr Reed reichte erst Lizzy, dann Stella die Hand. Was für ein Händedruck. Kräftig. Entschlossen. Rein optisch war er genau ihr Typ. Schulterlange dunkle Haare, breite Schultern, stattliche Figur. Und da Lizzy bereits vergeben war, zwinkerte sie Stella unverhohlen zu. Aber nach der Pleite mit Manuel hatte sie keine Lust, sich Hals über Kopf mit dem Nächstbesten in eine Beziehung zu stürzen. Noch dazu wusste sie ja nicht einmal, mit wem sie es hier zu tun hatte.

»Man sagte mir, ich solle mich bei Stella Lancaster und

Lizzy Anderson melden. Eine von Ihnen beiden möchte mich bitte herumführen.«

»Ah, richtig, Mr Key hat gestern in der Mittagspause etwas in der Art erwähnt«, sagte Lizzy, doch offenbar hatte ihr Chef nur mit ihr gesprochen. Stella wusste von nichts.

»Das übernimmt Miss Lancaster mit Vergnügen«, entschied Lizzy spontan, die offenbar gemerkt hatte, dass Mr Reed sie aus unerklärlichen Gründen nervös machte.

»Ja ... ich ... zeige Ihnen dann mal alles.«

Stella erhob sich und führte ihn aus dem Großraumbüro durch den riesigen Gebäudekomplex von A-Key. Das Unternehmen war vor wenigen Jahren gegründet worden und hatte eine Erfolgsbilanz hingelegt, die sich sehen lassen konnte. Waren wurden billig eingekauft und teuer an den Endverbraucher weiterverkauft. Dies galt insbesondere für Waren aus dem Elektronikmarkt. Das Geschäft boomte. Aus dem Grund wurde wohl auch Verstärkung gebraucht, wenngleich Mr Reed nicht unbedingt wie ein Mann aussah, den man sich im Call Center einer Erfolgsfirma vorstellte.

»Sehr schön, vielen Dank für die Erklärungen«, sagte Mr Reed nach einer Weile und strahlte sie an, als versuchte er ihr mit seinem Lächeln eine bestimmte Zahnpasta zu verkaufen. »Und natürlich für die Führung, Miss Lancaster. Sie haben etwas gut bei mir.«

Stella winkte ab. »Leider hat man mir gar nicht gesagt, dass Sie neu bei uns anfangen. Ich hätte mich sonst besser auf Ihre Einarbeitung vorbereiten können. Haben Sie denn schon mal im Call-Center-Bereich gearbeitet?« Sie konnte ihn sich immer noch nicht in der kleinen Kabine mit Headset auf dem Kopf vorstellen.

»Oh, ich arbeite doch nicht bei Ihnen im Großraumbüro. Ich bin Ihr neuer Abteilungsleiter.«

Stella blieb der Mund offen stehen.

Der neue Abteilungsleiter? Es war doch im Gespräch gewesen, dass eine der Angestellten diesen Job übernahm, man hatte doch sogar schon Bewerbungen einreichen sollen. Stella hatte sich ebenfalls um die Stelle bemüht. Umso ernüchternder, dass diese längst vergeben war. Wahrscheinlich war wieder mal Vitamin B im Spiel gewesen. Anders war es nicht zu erklären, dass ein völlig Fremder diesen heißbegehrten Job bekam.

»Einen schönen Tag noch«, verabschiedete sich Reed und stolzierte wie ein Pfau aus dem Raum. Plötzlich fand sie ihn gar nicht mehr so hinreißend. Erschüttert ging Stella ins Büro zurück.

»Und? Wie findest du ihn? Er ist doch ganz süß, oder?«, flüsterte Lizzy und stellte ihr Telefon auf stumm.

»Er ist unser neuer Abteilungsleiter.«

»Was?«

Stella nickte sprachlos. Sie konnte es nicht fassen, dass Aron Key, ihr Chef, sie derart übergangen hatte. Aber das war typisch für ihn, diese Firma und für ihr Leben. Die guten Dinge passierten immer den anderen.

*

Heute ist Valentinstag, schoss es Stella durch den Kopf, als sie nach Hause schlenderte. Natürlich hatte sie auch heute wieder Überstunden gemacht. Wofür eigentlich? Dafür, dass Aron Key einem anderen den begehrten Posten zuschanzte? Dafür konnten natürlich ihre Kunden nichts. Und jeder Hilfesuchende, den sie in der Leitung hatte, bekam von ihr die volle Aufmerksamkeit. Auch wenn sich dadurch der Feierabend verzögerte. Heute hatte der letzte Kunde zwei Minuten vor dem Break angerufen, und das Gespräch hatte sich natürlicherweise in die Länge gezogen, so dass sie erst eine halbe Stunde später nach Hause gehen konnte. Am Schluss hatte sich das Problem des Kunden, wie so oft, in Luft aufgelöst, und er hatte ihr einen schönen Valentinstag gewünscht.

Ja, heute war Valentinstag. Den ganzen Tag über hatte sie keinen Blick für ihre Umgebung gehabt, aber nun, da sie über die Straße ging, bemerkte sie all die Leuchtdekos an den Geschäften, die in Herzform gehalten waren. Selbst an den Litfaßsäulen klebte Valentinstagwerbung. Am schlimmsten waren die unzähligen Pärchen, die sie plötzlich überall entdeckte und sie daran erinnerten, dass sie allein war. Arm in Arm ließen sie die ganze Welt an ihrem Glück teilhaben. Völlig gleich, ob andere überhaupt daran teilhaben wollten oder nicht.

Stella blickte sich um und stellte mit einem Kloß im Hals fest, dass sie gerade der einzige Single weit und breit war. Vor ihr lief ein Pärchen, hinter ihr gleich zwei und auf der anderen Straßenseite war eine Ansammlung voll glücklicher Paare. Nervig.

War es falsch gewesen, Manuel den Laufpass zu geben? Ein wenig vermisste sie ihn. Nein, nicht direkt ihn. Einfach die Verbundenheit zu einer anderen Person. Einem Partner. Jemandem, dem sie ihr Herz ausschütten, dem sie vertrauen konnte.

Stella war heilfroh, als sie endlich vor ihrer Haustür stand. Im Nu hatte sie den Schlüssel in der Hand, schloss auf und eilte die Treppe in den dritten Stock hinauf, wo ihre kleine Wohnung lag.

»Erst einen Tee und danach eine heiße Dusche«, sagte sie zu sich selbst. Führte sie jetzt aus lauter Einsamkeit auch noch Selbstgespräche?

Sie setzte das Wasser auf, schlüpfte aus ihrer Bürokluft, die sowieso niemand je zu Gesicht bekam, da sie ständig nur am Telefon saß, und hinein in den kuscheligen Hausmantel, der so gut nach Rosenöl duftete.

Dann tat sie einen Teebeutel in ihre Lieblingstasse und goss heißes Wasser nach, setzte sich anschließend auf die Couch und wärmte sich die Hände an der Tasse. In dem Moment hörte sie ein Rauschen aus dem Bad.

Es klang, als stünde jemand unter der Dusche. Aber das war völlig unmöglich. Niemand außer ihr hatte einen Schlüssel, und ein Einbrecher war wohl nicht so dumm, ausgerechnet jetzt ihre Dusche zu benutzen.

Vielleicht hatte sie einen Rohrbruch? Das würde ihr jetzt gerade noch fehlen, jedoch perfekt ins Bild passen. Sie war der geborene Pechvogel. Seufzend stand sie auf, um nach dem Rechten zu sehen.

Doch kaum hatte sie das Bad betreten, waberten ihr Dampfschwaden entgegen, und durch diese hindurch konnte sie die Silhouette eines Mannes erkennen. Abrupt blieb sie stehen, zur Salzsäule erstarrt. Manuel konnte es nicht sein, der war deutlich kleiner. Der Fremde fuhr sich durch die schulterlangen Haare und ließ das Wasser über seinen ansehnlichen Körper perlen. Was für ein Kreuz!

»Was ... was tun Sie hier?«, kreischte sie los, als sie endlich die Fassung zurückgewonnen und gleich darauf wieder verloren hatte.

Da drehte er sich zu ihr um und zwinkerte ihr zu. »Pardon! Ich wollte Euch nicht erschrecken.«

»Du?« Wie war das möglich, sie träumte doch gerade gar nicht. Oder doch? Sicherheitshalber griff sie nach der Haarschneideschere, die auf dem kleinen Regal neben dem Waschbecken lag. Nur für den Fall der Fälle.

Vielleicht bin ich auf der Couch eingeschlafen?, überlegte sie und kam zu dem Schluss, dass dies wohl tatsächlich der Fall sein musste. Anders war es nicht zu erklären, dass ihr »Traummann« nun vor ihr stand. Sie legte die Schere wieder zurück.

»Ich hoffe, Ihr seid nicht enttäuscht, mich wiederzusehen?« Er lächelte charmant. Verführerisch.

Sie musterte seinen Körper, der wohldefiniert war. Er war kein Muskelprotz, aber von stattlicher Statur. Seine Haut schimmerte wie Alabaster. Und obwohl er diesmal keine höfische Kleidung, nicht einmal seine Perücke trug, sah man ihm doch an, dass blaues Blut durch seine Adern floss.

Dieser Mann entsprach all ihren Wünschen. Er war perfekt in ihren Augen. Sowohl von der Optik als auch von seinem Verhalten her. Sie hatte ein Faible für Gentlemen aus anderen Zeiten. Diese waren exotisch, überraschten.

Unwillkürlich leckte sich Stella über die Lippen. Es war Valentinstag. Ein Tag, an dem niemand gern allein war. Ein Tag der Zweisamkeit. Der Hingabe. Schon einmal war sie auf diesen süßen Traum hereingefallen und hätte fast nicht mehr in die Realität zurückgefunden. Aber jetzt war sie älter. Niemand außer ihr wusste von Gregoire. Und niemand würde von ihm erfahren, weil sie dieses Geheimnis für sich behalten würde. Sie hatte alles unter Kontrolle. Warum also sollte sie sich etwas verwehren?

»Ist das Wasser warm?«, fragte sie.

Das Lächeln des Adligen verwandelte sich in ein Grinsen. »Findet es doch heraus, meine Teuerste.«

Er machte eine einladende Handbewegung, und Stella schlüpfte rasch aus ihren Sachen, legte sie ordentlich auf der Heizung ab und huschte unter die Dusche.

»Ich werde Euch beweisen, dass ich jedes Wort, das ich Euch gestern sagte, ernst meinte«, verkündete er förmlich und sank vor ihr auf die Knie. Seine Hände legten sich auf ihre Oberschenkel, strichen sanft darüber. Ein Schauer jagte ihren Rücken hinunter, und sie bekam eine Gänsehaut genau an der Stelle, an der er sie berührte.

Langsam näherte sich sein Gesicht ihrer Scham, während das Wasser ohne Unterlass auf sie herunterprasselte. Die Luft war schwül, immer mehr Dampf bildete sich, Wände und Spiegel beschlugen.

Da spürte sie plötzlich, wie etwas ganz zärtlich zwischen ihre Schamlippen drang. Es kitzelte ein wenig, löste aber auch die wunderbarsten Gefühle in ihr aus.

Seine Zunge fuhr über ihre Perle. Er hatte schnell die empfindsamste Stelle ihres Körpers gefunden. Aber das war auch nicht verwunderlich. Schließlich war dieser Mann ihrer eigenen Phantasie entsprungen. Und wer kannte ihren Körper besser als sie selbst?

Stella schloss die Augen, genoss, wie sich seine Lippen

um ihre Klitoris schlossen, sanft an ihr saugten, bis es in ihr pulsierte.

Und plötzlich spürte sie auch einen Finger, der ihre Pforte umkreiste, jedoch noch nicht eindrang. Es machte sie ganz verrückt. Worauf wartete er? Ein Zittern erfasste ihren Unterleib.

»Ist Euch kalt?«, fragte er amüsiert und hörte auf, sie zu lecken, was sie nur noch verrückter machte.

»Warum hältst du mich hin?«, fragte sie atemlos und hielt sich an der Kabinenwand fest.

»Weil es dann nur umso schöner wird«, antwortete er und schob seinen Finger ganz langsam in ihre feuchte Enge.

Stella hielt den Atem an. Alles in ihr geriet in Wallung. Ganz vorsichtig legten sich jetzt auch seine Lippen wieder um ihre Perle. Mit der Zungenspitze tippte er immer wieder gegen diese, reizte sie unablässig. Der sanfte Druck ließ sie schwingen, und kleine Blitze schossen durch ihren Unterleib. Jeder Muskel ihres Körpers spannte sich zum Zerreißen an, heiß-kalte Schauer schüttelten sie.

Sein Finger drang noch etwas tiefer in sie, seine Lippen saugten fester an ihrer Lustperle.

Plötzlich verkrampfte sich Stella. Die Erlösung war nah. Aber es fehlte noch ein winziges Stück, ehe sie den Gipfel der Lust erreichte. Allein gelangte sie nicht dorthin, sie brauchte ihn. Er leckte weiter, immer weiter. In demselben sanften Rhythmus. Als hätte er es gar nicht eilig. Stella stöhnte leise. Warum ließ er sie so lange warten? Genoss er es etwa, ihren Höhepunkt hinauszuzögern? Er war doch ihrer Phantasie entsprungen. Müsste er da nicht ihren Wünschen Folge leisten?

Sie stöhnte lauter, um ihm ein Zeichen zu geben, das er verstand. Sein Finger schob sich tief in sie, strich über ihren G-Punkt und trieb sie hinauf auf den Gipfel der Lust. Immer weiter, immer schneller, immer höher.

Stella war überwältigt. Ein süßer Orgasmus ließ sie erbeben, und sie keuchte auf. Sie krallte sich in seine Schultern, hielt sich an ihm fest, bis das Vibrieren nachließ. Viel zu schnell, wie sie fand.

Langsam richtete er sich wieder auf, lächelte sie an. »Ihr seid zufrieden, das kann ich in Euren Augen sehen.«

»Ja«, gab sie zurück und lächelte ebenfalls. Das war ein wirklich guter Orgasmus gewesen. »Danke.«

»Gern geschehen. Und jederzeit wieder, wenn Ihr es wünscht.«

Stella brauchte nicht lange darüber nachzudenken. Er war ihr Traum, warum sollte sie es also ablehnen, wenn er sie weiter aufsuchte? Er war perfekt, sah gut aus und wusste, was er tat. Und die Gefahr, sich in ihn zu verlieben wie früher, war gebannt. Sie war bodenständig geworden.

Stella stellte die Dusche ab, und als sie sich umdrehte, war er verschwunden. Manche Träume konnte man eben nicht festhalten. Aber das war auch kein Beinbruch. Sie stieg aus der Dusche, trocknete sich ab und ging ins Bett. Es war ein aufregender Abend gewesen. Wen kümmerte schon der Valentinstag?

*

Gregoire hatte die Wohnung von Stella Lancaster nicht verlassen, auch wenn dies den Anschein machte. Doch er hatte sich lediglich unsichtbar gemacht. Auf diese Weise konnte er noch etwas länger in ihrer Nähe verweilen, ohne dass Akrea einen Verdacht schöpfte. Seine Energien, die eigentlich Akreas waren und ihn am Leben hielten, waren auf ein Minimum heruntergefahren. Energien, die hingegen aufwallten, wurden von ihr wahrgenommen wie ein feindliches Flugzeug auf dem Radar. Doch solange er mit seiner Umgebung verschmolz, war er quasi gar nicht da.

Jetzt lag Stella in ihrem Bett, und er saß auf dem Hocker in der Ecke, starrte auf den Boden und lauschte dem Geräusch ihres Atems. Dieses Mal war es einfach gewesen. Fast zu einfach. Er hatte sie schnell ausfindig gemacht, und sie war ihm allzu schnell zugetan gewesen. Es lief zu glatt für seinen Geschmack, aber das mochte daran liegen, dass sie sich in ihrer Jugend schon einmal begegnet waren. Das machte ihm die Sache leichter. Und wenn er sich nicht irrte, hatte er vorhin sogar diesen Schimmer in ihren Augen wiederentdeckt. Wie hatte er es vermisst, derart angesehen zu werden. Damals hatte Akrea ihm nachgestellt und herausgefunden, dass er Stella heimlich aufsuchte, weil er unvorsichtig geworden war. Dieses Missgeschick war ihm in all der Zeit nie zuvor passiert.

Fortan hatte sie ihm gedroht, das Mädchen zu zerstören, weshalb Gregoire nicht zu Stella zurückgekehrt war, um sie zu schützen. Jetzt hoffte er darauf, dass Akrea diesen Zwischenfall wieder vergessen hatte. Dennoch war Vorsicht das oberste Gebot, denn Akreas Spione waren überall. Von alldem ahnte Stella nichts. Genauso wenig wie sie ahnte, dass sie ihm schon bald ganz verfallen würde.

Ein erster Schritt war getan. Und dieses Mal würde er sie nicht wieder loslassen. Sie gehörten zusammen, auch wenn diese Erkenntnis äußerst gefährlich war. Als wollte ihn jemand daran erinnern, welcher Gefahr er sich tatsächlich aussetzte, spürte er plötzlich eine Hand an seiner Kehle.

Gregoire erschrak, versuchte dennoch keinen Laut von sich zu geben, um Stella nicht zu wecken. Die Hand war wieder fort. Vielleicht hatte er sich die Berührung bloß eingebildet. Vielleicht aber auch nicht?

Akrea durfte nicht wissen, wo er war, was er tat. Es würde sie in Aufruhr versetzen, und das konnte unangenehme Folgen haben. Wahrscheinlich war es besser, gleich zu ihr zurückzukehren, bevor sie ihn noch vermisste. Nur sehr schweren Herzens trennte er sich von Stella. Doch bevor er ging, gab er ihr und sich selbst das Versprechen, bald zurückzukommen. Stella mochte es nicht ahnen, aber sie war der einzige Grund, der ihn durchhalten ließ. Der einzige Grund, weshalb er seine Existenz noch ertrug.

»Komm zu mir, ich warte auf dich«, hörte er Akreas Stimme in seinem Kopf. Gregoire erschrak. Wenn sie ihn gezielt ansprach, konnte sie ihn auch gezielt ausfindig machen! Hoffentlich hatte sie das noch nicht getan! Das Band zwischen ihnen war sehr stark. Aber Akrea klang nicht verärgert, sondern unersättlich. Ganz offensichtlich stand ihr der Sinn gerade nach etwas anderem. Gregoire würde sie besänftigen müssen.

»Ich bin auf dem Weg zu Euch, Meisterin«, erwiderte er in lautloser Weise, sendete ihr seine Gedanken zu. Ein Wesen wie er konnte das. Er brauchte keine Sprache, um zu sprechen. Das verdankte er seinem dämonischen Anteil.

Noch einmal trat er an Stellas Bett, zog die Decke ein Stückchen höher, so dass auch ihre Schulter zugedeckt war, und öffnete dann ein Portal in ihrem Zimmer, das sie nicht zu sehen vermochte, selbst wenn sie in diesem Moment die Augen geöffnet hätte. Sterbliche sahen nur das, was für ihre Augen bestimmt war. Und wahrscheinlich war das auch gut so. Die Dinge, die hinter dem schönen Schein lagen, waren zu grauenhaft, als dass ein menschlicher Verstand sie hätte verarbeiten können. Niemand wusste das besser als er, war er doch einst selbst ein Mensch gewesen. Und was er jetzt war? Gregoire wusste es selbst nicht so genau. Ein Geist? Ein Dämon? Ein Untoter? Er hatte nicht die Macht Akreas, und doch war er mit Unsterblichkeit gesegnet.

Ein grelles Licht blitzte ihm aus dem immer größer werdenden Spalt entgegen, zog ihn magisch an. Es fühlte sich an, als versuchte das Portal ihn aufzusaugen, als wäre er ein Stück Metall, das zu nah an einen Magneten geraten war. Wärme durchströmte ihn, während er durch das Tor in eine andere Welt trat. Eine Welt, die düster war, ohne Licht. Begrenzt. Klein. Wie das Innenleben einer Kugel. In der Mitte ragte das alte Gemäuer auf, das an eine steinerne Hand erinnerte, die sich gerade öffnete. Kein sonderlich schöner Anblick. Verstörend. Aber er hatte sich an das Schloss gewöhnt, das Akrea mit ihrem Gefolge, zu dem auch er gehörte, bezogen hatte. Ja, dies war sein Zuhause. Seit vielen, vielen Jahren. Er hatte sich damit arrangiert, wenngleich er sich nie wirklich heimisch gefühlt hatte. Dazu war er noch zu sehr Mensch geblieben.

Er schritt über die Zugbrücke, betrat den eisigen Saal, ignorierte die steinernen Dämonenfratzen, die von allen Wänden auf ihn herunterstarrten. Schon aus der Ferne erklang die Melodie der Lust. Ein sinnliches Stöhnen.

Er lächelte. Zugegeben, es gab an diesem Ort auch Dinge, die ihm gefielen, die das Leben in Akreas Reich annehmlich machten. Lust. Sie wurde hier ausgelebt wie nirgends sonst.

Er ging weiter, eilte durch den nächstgelegenen Flur, zu ihrem Gemach, und auf seinem Weg bemerkte er die Dienstmagd, die sich mit dem Knecht hinter einer alten Rüstung vergnügte.

Gregoire tat, als hätte er nichts gesehen. Dabei wusste jeder im Schloss, selbst die Herrin, was zwischen Margerine und Louis vor sich ging. Aber derlei Spiele wurden von Akrea akzeptiert. Solange sie auch stets ihr zu Diensten waren.

Gregoire wusste nicht, aus welcher Epoche Akrea die beiden aufgesammelt hatte. Sie pflegten andere Gewänder zu tragen als er, so dass eine Zuordnung nicht allzu leicht war. Genau genommen interessierte er sich aber auch wenig für die anderen Bewohner. Fest stand, dass Akrea eine Sammlerin war, die arme Verlorene um sich scharte, um sich dann, zu einem von ihr gewählten Zeitpunkt, mit ihnen zu vergnügen.

Endlich hatte er ihr Gemach erreicht. Doch bevor er anklopfte, rückte er noch einmal seine gepuderte Perücke und den Rock zurecht, zupfte an seinem Jabot und den Rüschenärmeln, damit er einen passablen Eindruck machte, wenn er ihr gegenübertrat.

Er wollte gerade anklopfen, als er ein Stöhnen auf der anderen Seite der Tür vernahm. Irritiert hielt er inne. Hatte sie nicht nach ihm gerufen? Er zuckte mit den Schultern. Ihm sollte es recht sein, wenn Akrea eine andere Beschäftigung gefunden hatte. Doch gerade als er sich wieder abwenden wollte, ging die Tür von selbst auf. Eine Aufforderung? Er trat ein und erspähte Akrea auf ihrer riesigen Spielwiese, die von Dämonenpfeilern getragen wurde. Spinnwebenartige Vorhänge schmückten das Gestell, verschleierten den Blick auf das Innenleben. Er erkannte dennoch, dass Akrea nicht allein war. Neben ihr lag ein nackter Mann, der ihre Brüste streichelte.

»Herrin?« Er hoffte, sie würde ihn als Störfaktor ausmachen und wieder fortschicken.

»Setz dich dort hin«, sagte sie stattdessen und deutete auf einen Stuhl ohne Lehne, der direkt vor dem Bett stand.

Gregoire musterte sowohl den Stuhl als auch das Geschehen mit einiger Skepsis. Es war offensichtlich, dass Akrea etwas für ihn geplant hatte. Das machte ihn nervös. Die Herrin war oft unberechenbar und schwer einzuschätzen. In jedem Fall war es besser, ihrem Befehl Folge zu leisten. Ungefragt. So setzte er sich hin und die Spinnenweben glitten zurück, gleich einem Vorhang, der sich öffnete. Gregoire sah zu, während der andere seine Herrin verführte.

Jetzt gerade legte er sich auf sie, bedachte sie mit Küssen, die wie ein Schmatzen klangen. Gregoire verdrehte die Augen. Dulac hielt sich für einen Verführungskünstler. Lächerlich. Er konnte Gregoire selbst zu seinen besten Zeiten nicht das Wasser reichen. Es war unerklärlich, was Akrea an diesem Möchtegern fand. Er sah vielleicht annehmbar aus, aber die Kunst der Liebe – davon verstand er nicht allzu viel.

Akreas Stöhnen riss ihn aus seinen Gedanken. Sie hatte ihren Liebhaber herumgeworfen und sich nun auf ihn gesetzt, so dass sie, während sie ihn ritt, Gregoire in die Augen sehen konnte. Das bereitete ihr offensichtlich Vergnügen. Ihre herrlichen Brüste wippten auf und ab, schwangen im

Rhythmus ihrer Bewegungen mit. Die pechschwarzen Haare tanzten durch die Luft, als besäßen sie ein Eigenleben, und ihre Augen funkelten. Das taten sie immer, wenn die Dämonin erregt war.

Und zugegeben, der Anblick erregte auch Gregoire sehr. Längst hatte sich eine Beule in seiner Culotte gebildet. Und da der Stoff sehr fein war, zeichneten sich die Umrisse für jedermann ersichtlich ab. Ein Lächeln huschte über Akreas Gesicht. Sie hatte ihr Ziel erreicht.

»Hol ihn raus, Gregoire. Ich will ihn sehen«, befahl sie.

Erst jetzt schien Dulac zu merken, dass sie nicht mehr allein waren. Sein Kopf ruckte zur Seite, und wilde Entschlossenheit sprach aus seinem Blick, als er Gregoire ansah. Aus irgendeinem Grund schien dieser Westentaschencasanova zu glauben, sie wären Konkurrenten. Auf Augenhöhe!

Gregoire sah das ganz anders. Er wusste von seiner Wirkung auf das weibliche Geschlecht. Selbst die Herrin war ihm damals verfallen gewesen. Und während jeder andere ihrer Gespielen und Gespielinnen ihr irgendwann langweilig geworden war, so schien ihr Herz immer wieder für Gregoire zu entflammen.

Gregoire holte sein Glied heraus und rieb sanft daran, schob die Vorhaut vor und zurück, während sein Schwengel in seiner Hand wuchs und dabei härter wurde. Seine Eichel glühte förmlich. Und das sinnliche Stöhnen seiner Herrin steigerte seine Lust. Deshalb rieb er schneller, immer schneller. Und Akrea gab ihrem Liebhaber die Sporen, als versuchte sie mit Gregoires Rhythmus mitzuhalten. Das amüsierte ihn.

Er beobachtete die Dämonin genau, prägte sich jede verführerische Kurve ein. Er hatte selten eine schönere Frau gesehen. Alles an ihr war perfekt. Das Glühen in ihren Augen verstärkte sich. Sie wirkten jetzt fast rot. Ein aufregender Anblick. Und dennoch drifteten seine Gedanken fort, hin zu Stella, die jetzt gerade schlief.

Er schüttelte benommen den Kopf. So etwas durfte nicht passieren. Nicht hier und nicht jetzt, in Anwesenheit der Herrin. Aber seine Zuneigung für Stella war stärker. Er sah nicht Akrea, sondern Stella vor sich. Ihren wunderschönen, weichen Körper, die alabasterfarbene Haut, die samtig schimmerte, die großen Augen, die sinnlichen Lippen, ihr duftendes Haar. Er erinnerte sich an den Moment, in dem sie unter der Dusche gekommen war. Er hatte ihren Orgasmus so intensiv gespürt, als wäre es sein eigener gewesen. Was für ein erhabenes Gefühl.

Akreas Stöhnen wurde lauter, verwandelte sich in einen Schrei. Erschrocken riss er die Augen auf. Die Herrin sank auf Dulacs bebenden Körper nieder, ein Ausdruck von Zufriedenheit lag auf ihrem Gesicht. Und Gregoire ging es kaum anders. Auch er war gekommen. Jedoch aus gänzlich anderen Gründen.

Akrea stieg von Dulac herunter, der leise keuchte, und kam auf Gregoire zustolziert. Ihre Anmut war nicht von dieser Welt. Ihr Lächeln ebenfalls nicht, doch etwas Bösartiges lag darin. Ihre Hand legte sich um seinen Hals, und ihre Nägel bohrten sich sacht, doch spürbar in seine Kehle.

»War da jemand abgelenkt?«, zischte sie wütend.

Er wagte es nicht, ihr zu antworten. Jede Antwort konnte falsch sein. Akrea ließ wieder von ihm ab. »Du warst phantastisch, Dulac! Von dir kann so mancher noch etwas lernen.« Dulac richtete sich im Bett auf, zog sein Hemd über und knöpfte es zu. Ein verächtlicher Blick streifte Gregoire, der sich davon nicht aus der Ruhe bringen ließ. Dulac war ein Aufschneider. Er gab vor, etwas zu sein, was er nicht war. In jedem Fall war er ein Narziss. Selbstverliebt ohne Ende und zudem der Einzige, der sich, was sein früheres Leben betraf, in Schweigen hüllte. Mit den Epochen hatte er seinen Kleidergeschmack verändert, sich dem jeweiligen Zeitalter angepasst, als wollte er nicht, dass jemand herausfand, woher er tatsächlich kam, wie er an Akrea geraten war und welches Leben er zuvor geführt hatte.

Die restliche Garderobe, die über dem Stuhl zu Gregoires Rechten lag, stammte jedenfalls mit hoher Wahrscheinlichkeit aus dem frühen 19. Jahrhundert.

»Zusehen und lernen«, betonte Dulac. Gregoire unterdrückte ein Schmunzeln.

Ihm war nicht im Geringsten nach einem Hahnenkampf zumute. Aber genau darauf legten es sowohl Akrea als auch Dulac wohl an. Glaubten sie, man könne ihn damit provozieren? Er war sogar froh über die Ablenkung, so kam Akrea nicht auf die Idee, weiter über sein sonderbares Verhalten nachzudenken. Sie durfte nicht erfahren, an wen er tatsächlich gedacht hatte, während er gekommen war. Das würde nicht nur ihn in Gefahr bringen. Nein, Stella sollte und musste sein Geheimnis bleiben. So wie sie es schon seit vielen Jahren war. Immer war es ihm gelungen, dieses Geheimnis, diesen wertvollen Schatz, vor Akrea zu hüten. Doch mit den Jahren war er unvorsichtig geworden, und so hatte die Herrin ihn in einer schwachen Sekunden in flagranti erwischt.

»Du darfst dich zurückziehen«, sagte Akrea plötzlich gnädig, und Gregoire erhob sich, verneigte sich höfisch und verließ das Zimmer, um sein eigenes Gemach aufzusuchen. Er war froh, als er endlich in sein Bett steigen und zur Ruhe kommen konnte. Und während er einsam in dem riesigen Zimmer lag, dachte er an Stella, stellte sich vor, statt in seinem in ihrem Bett zu liegen. Neben ihr. Seinen Arm um ihren zarten Körper zu schlingen, ihren Duft einzuatmen, vielleicht sogar mit einer ihrer Haarsträhnen zu spielen oder einen Kuss auf ihre Schulter zu hauchen. Sehnsucht entbrannte in ihm. Sehnsucht, die gefährlich war. Aber er musste sich zurückhalten, um Stella zu schützen.

*

»Du siehst aus wie das blühende Leben. Die Trennung von Manuel tut dir gut«, bemerkte Lizzy Anderson am nächsten Morgen, als Stella, wie fast immer, zehn Minuten zu spät ins Büro von A-Key kam. Bei diesem strahlenden Anblick und den rosigen Wangen kam Lizzy ein Verdacht. »Wenn ich es nicht besser wüsste, würde ich glauben, es gibt einen neuen Mann in deinem Leben.« Bei genauerer Betrachtung leuchteten Stellas Augen geradezu. Ihr Blick war fern, abgelenkt, wie der Blick einer Verliebten. Der Verdacht erhärtete sich.

»Ein … neuer Mann? Wie … wie kommst du nur … auf so eine Idee?«

Stella stotterte doch sonst nicht. Ein weiteres Indiz.

»Jetzt sag schon, wer ist es? Kenne ich ihn?«

»Keine Ahnung … wovon du redest, Lizzy, ehrlich.«

Lizzy öffnete ein Fenster auf ihrem Computerbildschirm und deutete dann auf eine Liste. »Siehst du das hier?«

»Natürlich. Was ist damit?«

»Das sind die neuesten Auswertungen der Zufriedenheit unserer Kunden. Diese sind heute Morgen rausgegangen. Und weißt du was? Ich habe nicht mal die Hälfte der Punktzahl erreicht.«

»Wie ist das denn möglich?«

Lizzy zuckte mit den Schultern. »Viele Leute sind eben am Telefon irre freundlich und hauen einem dann trotzdem eine schlechte Bewertung für die geleistete Hilfe rein.«

»Tut mir echt leid für dich.«

»Ja, damit muss ich wohl leben. Was ich aber damit sagen will: Ich habe im Moment nicht viel zu lachen. Dustin Reed hat sich meine Auswertung angesehen und war nicht begeistert, verständlicherweise. Ich soll jetzt an mir arbeiten. Noch freundlicher sein, Probleme noch schneller lösen. Et cetera pp. Jetzt brauche ich einfach eine Aufmunterung. Etwas Abwechslung. Also lass dir nicht alles aus der Nase ziehen, okay?«

Stella ließ sich auf ihren Stuhl sinken. »Na schön. Aber es ist anders, als du denkst.«

»Wie anders?«

»Komplizierter und auch … bizarrer.«

»Oh … jetzt kommen die schmutzigen Details ans Licht.« Lizzy war so aufgeregt wie am Tag vor ihrem zehnten Geburtstag, weil sie überzeugt war, ihre Eltern würden ihr ein Pony schenken. Das war nicht eingetreten. Aber das Gefühl, das sie jetzt hatte, war das gleiche. Euphorie.

»Wenn ich dir das verrate, wirst du mich für verrückt halten.«

»Sind Handschellen ins Spiel gekommen?«

Stella riss erschrocken die Augen auf. Fühlte sie sich ertappt? Sie schüttelte den Kopf. »Es geht in eine ganz andere Richtung.«

»Schade.« Sie hoffte dennoch auf eine Nachricht, die ihr den Morgen versüßen würde. Alles aus erster Hand zu erfahren, und wenn es dann auch noch etwas Schmutziges war, das wäre die Krönung. Überhaupt mal wieder Sex zu haben wäre ganz schön, überlegte Lizzy. Das war wiederum ihr kleines Geheimnis, von dem Stella nichts ahnte. Diese glaubte, ihre Beziehung zu Jack liefe nach wie vor gut. Leider war das Gegenteil der Fall.

Nach außen hin tat Lizzy allerdings, als wäre weiterhin alles bestens. Ihr war es peinlich, etwas anderes zu behaupten. Vielleicht, weil sie sich sonst als Versagerin fühlte. Die Wahrheit war, Jack hatte keine Lust mehr auf sie. Manchmal fragte sich Lizzy, warum er überhaupt um ihre Hand angehalten hatte. Jetzt waren sie seit fünf Jahren verlobt, aber über die Hochzeit wollte er nicht sprechen. Und Sex wollte er auch keinen. Hatte er vielleicht eine andere und wollte sich nur aus Gewohnheit nicht trennen? So etwas hörte man ja immer wieder.

»Zier dich nicht, raus mit der Sprache«, forderte Lizzy, um sich auf andere Gedanken zu bringen. Wenn sie über ihre eigene Beziehung nachdachte, wurde sie nur trübsinnig.

»Na schön. Also der Mann, mit dem ich Sex habe, existiert nicht.«

Lizzy runzelte die Stirn. Hatte sie sich verhört? »Da war ein ›nicht‹ zu viel in deinem Satz, oder?«

Stella schüttelte den Kopf, meinte es offenbar ernst. Das klang in der Tat verrückt. Und irgendwie auch ziemlich albern. »Für so eine Story verschwendest du meine Zeit?« Lizzy ließ ihrer Enttäuschung freien Lauf.

»Du wolltest es ja wissen.«

»Also hast du gar keine Affäre.« Weshalb sah sie dann so jung und frisch, so glücklich aus? Es war Jahre her, seit Lizzy solch ein Strahlen in ihren eigenen Augen gesehen hatte.

»Doch, ich habe eine Affäre.«

»Jetzt verstehe ich überhaupt nichts mehr.«

»Der Mann, mit dem ich schlafe, ist nur nicht real.«

»Meine Liebe, das macht alles überhaupt keinen Sinn. Ist dir das klar?« Stella zuckte wieder mit den Schultern, es schien ihr nicht wichtig. »Ich brauche jetzt erst mal einen Kaffee. Willst du auch einen?«, fragte Lizzy.

»Lass mal, ich mach dir den Kaffee, du hast ja im Moment ganz andere Sorgen.«

Stella ging in die Küche, und Lizzy widmete sich ihrer Auswertung. Unfassbar, was für Noten sie von manchem Kunden bekommen hatte. Sie verstand die Welt nicht mehr, dabei war sie doch die Freundlichkeit in Person, obendrein kompetent. Wieso hatte das keiner von denen bemerkt?

Lizzys Gedanken drifteten schnell zu Jack zurück. Irgendwie kam in ihr der Gedanke auf, dass er ihr auch keine bessere Bewertung gegeben hätte als ihre Kunden. Erst heute Morgen hatte Jack sich wieder so abweisend verhalten, dass es in ihrer Seele brannte. Er hatte sie nur kurz begrüßt, und dann war er auch schon zur Arbeit losgegangen, ohne das liebevoll zubereitete Frühstück auch nur anzurühren. Es war einer Flucht gleichgekommen. Was sollte Lizzy nur davon halten?

Stella kam zurück und gab ihr den Kaffee. »Bitte schön.«

»Danke.«

»Und, ist deine Neugier nun befriedigt?«

Lizzy wiegte den Kopf hin und her. So ganz schlüssig war ihr die Sache noch nicht. Aber das lag vielleicht auch daran, dass sie Stella nicht richtig verstanden hatte. »Nicht unbedingt. Du musst das schon etwas genauer erklären.«

»Okay.« Stella beugte sich zu ihr vor und flüsterte: »Ich begegne einem Mann im Traum. Er ist hinreißend und sehr attraktiv.«

»Ein Traum?« Ach, so war das gemeint. Bei näherer Betrachtung klang das doch gar nicht mal so schlecht, überlegte Lizzy und nahm noch einen Schluck von ihrem Kaffee. »Das hätte ich mir eigentlich gleich denken können. Solche Träume hätte ich auch gern mal. Und was macht er so, in diesen Träumen?«

»Ich werde dir doch keine Details verraten.«

»Schade. Das wäre eine nette Anregung gewesen.«

»Ich sag nur so viel, er hat die zärtlichsten Hände, die ich je an meinem Körper gespürt habe. Wenn er mich anfasst, kriege ich sofort eine Gänsehaut an diesen Stellen.«

»Mach mir nur Appetit.« Stella ahnte ja nicht, was ihre Worte in Lizzy auslösten. Lizzy war ausgehungert, sehnte sich nach Liebe und Zärtlichkeit.

»Er ist ein Gentleman durch und durch.«

»Ich wusste nicht, dass du auf altmodische Männer stehst.«

»Doch. Das tue ich. Das sind Männer, die sich noch wie Männer geben.«

»Du magst also die edlen Ritter?«

»Das trifft es fast auf den Punkt. Er stammt nämlich aus einem anderen Jahrhundert.«

»Ist nicht dein Ernst?«

Die Sache wurde tatsächlich immer bizarrer. Aber auch aufregender. Wie mochte es sich anfühlen, von einem Mann aus einer anderen Zeit geliebt zu werden?

Unwillkürlich stellte sich Lizzy einen Highlander vor, der sie in die Arme riss und sie leidenschaftlich küsste, sie überwältigte. Ein Seufzen drang aus ihrer Kehle. Doch zum Glück schien Stella es nicht bemerkt zu haben. Sie sollte bloß nicht auf die Idee kommen, mit ihrer Beziehung würde etwas nicht stimmen. Rasch nippte Lizzy wieder an ihrem Kaffee.

»Er trägt eins dieser Adelsgewänder.«

»Ein Edelmann also?« Der Highlander verwandelte sich in einen Aristokraten, der nicht minder leidenschaftlich agierte.

»Sozusagen.«

»Und, ist es immer der gleiche Mann?«

»Bisher schon. Er nennt sich Gregoire.«

»Einen Namen hat er also auch noch?«

»Ja, verrückt, oder?«

»Schon, aber wen stört das?« Es deutete wohl lediglich darauf hin, dass Stella sehr einsam war und sich nach einer Beziehung sehnte. Das konnte man ihr nicht verübeln.

Von Manuel hatte Lizzy nicht viel gehalten. Da war Stella allein besser dran. Dennoch brauchte sie offenbar jemanden an ihrer Seite. Doch da sich Stella solche Bedürfnisse wohl niemals selbst eingestehen würde, manifestierten sie sich in ihren Träumen. Das machte erstaunlich viel Sinn. Zugleich war es aber auch eine Anregung für Lizzy. So einen Traummann, der alle Wünsche erfüllte, konnte sie auch gut gebrauchen.

»Jetzt findest du das nicht mehr schräg?«, wunderte sich Stella.

»Na ja, ein bisschen vielleicht«, gab Lizzy zu. »Aber du tust niemandem damit weh. Es ist nur eine Phantasie. Die dir guttut. Du solltest es also genießen.«

Stella schwenkte nachdenklich die Tasse und nickte schließlich. »Vielleicht hast du recht.«

»Natürlich hab ich das. Vielleicht kannst du deinen Traumgefährten ja mal zu mir schicken.«

Stellas Gesicht verzog sich unwillkürlich. Der Gedanke gefiel ihr wohl gar nicht.

»Pass nur auf, dass du dich nicht in etwas verrennst«, sagte Lizzy beschwichtigend, weil sie plötzlich das Gefühl hatte, Stella könne sich in diese Phantasiegestalt verlieben. Das wäre alles andere als gesund.

»Du hast recht. So etwas in der Art ist mir schon mal passiert.«

»Ach ja? Wann war das denn?«

Stella winkte ab. »Vor deiner Zeit.«

»Diese Träume sagen etwas aus«, klärte sie Stella über ihre Gedanken auf.

»Ach so?«

»Ja, sie sagen mir, dass wir uns ein wenig mehr um dich kümmern sollten. Zum Beispiel wieder mal öfter ausgehen. Wir waren lange nicht gemeinsam unterwegs.«

»Du hast recht, das sollten wir mal wieder.«

»Sie werden nicht fürs Reden bezahlt, meine Damen«, unterbrach sie plötzlich eine tiefe Stimme hinter ihnen. Erschrocken drehten sich Lizzy und Stella zu Dustin Reed um. Der neue Abteilungsleiter sah umwerfend aus. Trotz der strengen Miene. Oder vielleicht sogar deswegen.

Er war Lizzys Typ. Aber Lizzy war ja bereits vergeben. Außerdem schien Mr Reed ein Auge auf Stella geworfen zu haben. Zumindest hatte Lizzy dieses Gefühl.

»Entschuldigen Sie«, sagte Stella und schaltete eilig ihren Computer ein. »Auch dass ich zu spät dran bin. Kommt nicht wieder vor. Versprochen.«

»In Ordnung«, erwiderte Dustin Reed sanfter und ging. Stellas Zuspätkommen hatte also keine Konsequenzen.

»Hast du gemerkt, wie er dich angeschaut hat?«, fragte Lizzy aufgeregt.

»Ja, wie denn?«, meinte Stella, anscheinend völlig ahnungslos. Wo war sie nur mit ihren Gedanken? Es war so offensichtlich gewesen. Noch dazu hatte er Milde walten lassen.

»Der steht auf dich.«

»So ein Unsinn.«

»Das ist ein echter Mann, Stella. Einer aus Fleisch und Blut. Solchen solltest du den Vorzug geben.«

»Ich soll mit Reed ausgehen?«

Lizzy zuckte mit den Schultern. »Warum denn nicht? Frag ihn doch mal.«

»So weit kommt's noch. An das Gerede im Büro will ich gar nicht denken.«

»Vergiss doch diese Lästerschwestern aus der hinteren Reihe. Es geht um dich, dein Glück.« Im Ratschlaggeben war Lizzy einsame Spitze. Doch wenn es um ihre eigene Beziehung ging, war guter Rat teuer. Da wusste sie nicht mal, wo sie anfangen sollte.

»Ich gehe nicht mit Reed aus. Ich werde ihn nicht mal fragen. So bedürftig bin ich nun auch wieder nicht. Und jetzt lass uns endlich mit der Arbeit anfangen, ich habe keine Lust auf eine Abmahnung.«

»Gut, wie du willst. Die Arbeit geht vor.«

Lizzy versuchte, sich auf ihren Job zu konzentrieren, die Fragen der Kunden zu beantworten, ihnen so gut wie möglich weiterzuhelfen, in der Hoffnung, diesmal eine bessere Bewertung zu bekommen. Die Tatsache, dass Stella für den Rest des Tages verdächtig schweigsam war, kam ihr dabei gelegen. Ob ihre Freundin wohl wieder von diesem bildhaft schönen Edelmann träumte? So etwas sollte Lizzy mal passieren. Aber sie träumte so gut wie nie, konnte sich zumindest am nächsten Morgen an nichts erinnern. Auch tagsüber war nicht ans Träumen zu denken. Heute gab es keine Pausen. War ein Kunde aus der Leitung, war der nächste schon in der Warteschleife.

Lizzy sehnte den Feierabend herbei, und als er endlich anbrach, stellte Stella ihr eine Frage, die sie aus dem Konzept brachte. »Was habt Jack und du heute noch vor?«

Lizzy hatte keine Ahnung. Wahrscheinlich stand das übliche Abendprogramm auf dem Plan. Essen, Fernsehen, kaum ein Wort wechseln, ins Bett gehen, ohne Berührung oder Kuss. Das konnte sie natürlich nicht vor Stella zugeben.

»Mal sehen, vielleicht kochen wir gemeinsam«, sagte Lizzy, obwohl sie selbst nicht daran glaubte, dass Jack auf so etwas Banales Lust haben würde, wenn er von der Arbeit kam.

»Das klingt nett«, meinte Stella und schnappte sich ihre Tasche. »Bis morgen dann!«

»Mach's gut.« Schon war Stella verschwunden, und Lizzy war, von den beiden Lästerschwestern in der letzten Reihe des Großraumbüros abgesehen, die Letzte im Büro. Die beiden Frauen kicherten hinter vorgehaltener Hand, und Lizzy fühlte sich plötzlich von ihnen beobachtet.

»Wie lange ist sie schon verlobt?«, flüsterte die eine der anderen zu.

Diese Klatschweiber waren aber auch über alles im Bilde. Woher nur bezogen sie ihre Informationen?

Ja, Lizzy war schon lange verlobt und würde, wie es aussah, nicht allzu bald heiraten. Aber das ging nur Jack und sie etwas an. Sie wollte so schnell wie möglich hier raus und packte eilig ihre Sachen zusammen, bevor sie die Schwestern spüren ließ, was sie von ihnen hielt.

»Wiedersehen, Lizzy«, verabschiedeten die beiden sie wie aus einem Mund.

Lizzy nickte ihnen zu und war heilfroh, endlich das Büro verlassen zu können.

Dreißig Minuten später schloss sie die Tür ihrer Wohnung auf. Jack war bereits zu Hause. Er hatte heute früher Feierabend gemacht, normalerweise machte er sonst Überstunden. Das Abendessen stand dennoch nicht auf dem Tisch, stattdessen schlug er vor, eine Pizza zu bestellen. Lizzy war einverstanden. Das sparte Zeit und Mühe.

Nachdem das Essen geliefert worden war und sie es sich auf der Couch gemütlich gemacht hatten, um noch einen Film zu gucken, versuchte sie ihn in einem Anfall von Verzweiflung zu Zärtlichkeiten zu animieren, indem sie sich an ihn schmiegte, seine Hand in ihre nahm oder ihn von ihrem Pizzastück abbeißen ließ. Jack war jedoch gänzlich auf den Film konzentriert, so dass er Lizzys Avancen gar nicht bemerkte – oder schlimmer, sie gar nicht bemerken wollte. Ihre Hand wurde weggeschoben, und er drehte den Kopf zur Seite, als sie versuchte, ihn zu küssen.

Irgendwann gab sie es auf. Es hatte einfach keinen Sinn. Jack wollte nichts mehr von ihr. Vielleicht empfand er auch nichts mehr für sie. Das tat weh. Sehr sogar. Aber was sollte sie tun? Er wollte ja nicht einmal über ihr Problem sprechen.

»Ich bin schon müde, ich gehe ins Bett«, sagte sie. In Wahrheit war es aber eine Flucht. Vor ihm, vor der Situation und der Angst, er könne sie tatsächlich nicht mehr lieben.

»Schlaf gut.« Mehr sagte er nicht. Kein »Ich liebe dich«, kein Gutenachtkuss. Den Valentinstag gestern hatte er sowieso vergessen.

Lizzy seufzte, ging unter die Dusche und schlüpfte danach in ihren Schlafanzug und anschließend ins Bett. Der Tag war alles andere als befriedigend gewesen. Erst hatte sie Ärger im Büro wegen ihrer Auswertung gehabt, und dann zeigte ihr Jack die kalte Schulter. Sie zog die Decke bis zum Kinn und schloss die Augen. Ihr fehlte der alte Jack. Der Jack, der romantisch und wild gewesen war, der sie zum Lachen gebracht und sie gern berührt hatte. Wo war dieser Mann hin? Und weshalb hatte er sie verlassen? Während sie darüber nachdachte, fiel ihr das Gespräch mit Stella über deren Träume ein. Wie schön wäre es, wenn so ein Edelmann ihr Avancen machen würde. Er musste ja nicht einmal reich sein, nur an ihr interessiert. Sie begehren. Eine kleine Gänsehaut bildete sich an ihrem Nacken. Lizzy ersetzte in Gedanken das Wort Edelmann durch Highlander. Ein schottischer Krieger im Kilt war mehr ihr Fall als ein edel gewandeter Aristokrat.

Highlander waren echte Kerle. Sie nahmen sich, was sie wollten. Und wen sie wollten. Lizzy stellte sich vor, in den schottischen Highlands zu campen, nachts allein im Zelt zu schlafen, während ein Unwetter tobte und der Wind so laut heulte, dass sie das Hereinkommen des schottischen Hünen, der sie gleich darauf mit seinen Blicken förmlich auszog, erst bemerkte, als er schon vor ihr stand.

Lizzy kicherte unter ihrer Bettdecke. In ihrer Phantasie wurde nicht lange gefackelt. Sehnsüchtige Blicke genügten. Da rissen starke Hände sie an sich, wanderten über ihren vor Aufregung bebenden Körper, schoben sich unter ihr Nachthemd, suchten und fanden ihre Brüste. Sie spürte die Leidenschaft, das Begehren des Fremden, der ihre zarten Hügel in seinen kräftigen Händen wog, sie massierte, bis er ihr schließlich das Nachthemd über den Kopf zog, so dass sie nackt und völlig ungeschützt war. Er legte sich auf sie, und sie spürte jeden harten Muskel seines Körpers durch seine Gewandung hindurch an ihrem. Und noch etwas bemerkte Lizzy. Es vibrierte zwischen ihren Beinen, drückte sich eng an ihre Feuchte, weil es nach Einlass suchte.

Sie spreizte die Beine, während der fremde Highlander ihre Handgelenke packte und sie über ihrem Kopf zusammenführte. Begierde loderte in seinem Blick, während er ihr in die Augen sah. Sein unverkennbares Verlangen weckte auch ihre Lust. Langsam senkte er seine Lippen auf ihre, so dass sie seinen männlich herben Geschmack wahrnahm. Unwiderstehlich.

Sacht öffnete er ihren Mund, schob ihr die Zunge hinein und massierte die ihre. Sein Kuss wurde wilder, fordernder. Noch nie hatte ein Mann Lizzy auf solche Weise geküsst. Zugleich wuchs das Etwas, das sich an ihrer Scham rieb. Es wurde härter und heißer. Lizzy stöhnte auf. Alles in ihr verzehrte sich danach, seine Manneskraft in sich zu spüren. Sie öffnete ihre Beine noch etwas mehr, nur um ihm zu verstehen zu geben, dass sie bereit war. Dass sie ihn ersehnte.

Aber der Krieger aus einer anderen Zeit wollte selbst das Tempo bestimmen. Er ließ keinen Zweifel daran, wer hier das Sagen hatte. Und Lizzy gefiel das. Der Genuss der Überraschung, des Unbekannten.

Seine Lippen wanderten über ihren Hals, hin zu ihren Brüsten, die sich ihm gierig entgegenreckten. Einen Nippel nach dem anderen nahm er in den Mund, und Lizzy spürte, wie ihre Knospen hart wurden. Es prickelte wundervoll in ihren Brustwarzen und auch in ihrer Scham. Schlimmer, dort war längst ein Brand entstanden, den nur er löschen konnte.

»Bitte«, hauchte Lizzy. Da sah er sie an und lächelte anzüglich. In diesem Augenblick ging Lizzys Phantasie mit ihr durch, denn der Highlander wirbelte sie herum, so dass sie auf allen vieren landete.

Seine Hände, die eher Pranken glichen, legten sich besitzergreifend auf ihre Pobacken, kneteten diese. Lizzy ahnte, worauf das hinauslaufen würde. Und es machte sie an. Bereitwillig reckte sie ihm den Po entgegen, damit er es leichter hatte, sie zu nehmen. Aber auch jetzt noch ließ er sich Zeit, indem er heiße Küsse auf ihren Hintern verteilte. Schließlich spürte sie seinen Finger an ihrer Enge. Vorsichtig, fast behutsam, drang er in sie. Sofort stand ihr Unterleib in Flammen, und Lizzy stöhnte erneut auf.

In dem Moment zog er den Finger wieder raus. »Nein, nicht«, flehte sie. Hoffentlich dachte er nicht, dass er ihr wehgetan hatte. Denn es war ein Luststöhnen gewesen!

Kurz darauf wurde Lizzy gewahr, dass er dies sehr wohl richtig interpretiert hatte. Er hatte sie lediglich auf etwas viel Größeres vorbereiten wollen.

Mit nur einem Stoß war er in ihr, und Lizzy schrie auf. Vor Schreck, vor Lust. Im ersten Augenblick fürchtete sie, diese gewaltige Größe nicht aufnehmen zu können, doch ihr Körper stellte sich schnell auf ihn ein.

Seine Hände legten sich auf ihre Hüften, hielten sie fest, und er zog sich ein Stück aus ihr zurück, nur um dann abermals in sie einzudringen. Seine Lenden bewegten sich vor und zurück. Jedes Mal stieß er kraftvoll in sie. Und Lizzy drängte sich ihm entgegen. Sie wollte keine Sekunde zu lange auf seine Männlichkeit verzichten. Seine wilde Entschlossenheit erregte sie sehr. Und das tiefe, männliche Stöhnen tat sein Übriges.

Regen trommelte gegen die Zeltplane. Donner grollte, und ein Blitz erhellte die Szenerie. Es war der Augenblick, in dem es ihr kam. Der Orgasmus war so heftig, dass Lizzy regelrecht bebte. Und als sie in die Realität zurückkehrte, bemerkte sie, dass ihre Hand, die zwischen ihren Schenkeln lag, ganz feucht geworden war. Jetzt konnte sie Stella verstehen.

In dem Moment ging die Tür auf, und Jack kam herein. Er

reckte und streckte sich, gähnte, während Lizzy tat, als würde sie bereits schlafen. Doch in Wahrheit genoss sie das aufregende Prickeln ihres Nachglühens, und sie musste lächeln. So albern war es gar nicht, einen Traummann zu lieben.

*

Zur selben Zeit stand Stella an ihrem Fenster und blickte auf die Straße. Gegenüber ihrer Wohnung war ein kleiner Pub, der selbst um diese Uhrzeit noch geöffnet hatte. Männer und Frauen gingen ein und aus. Pärchen. Es schien, als würde die Welt nur noch aus Pärchen bestehen. Nicht ganz so viele wie gestern, aber immer noch genug.

Oder fielen ihr diese Paare gerade besonders auf, weil sie sich insgeheim doch nach einer Beziehung sehnte? Vielleicht hatte sie sich überstürzt von Manuel getrennt?

Sie schüttelte den Kopf über ihre eigenen Gedanken. Manuel war nicht der Richtige gewesen. Abgesehen davon, dass er sie betrogen hatte, so hatte auch die Chemie zwischen ihnen nicht wirklich gestimmt.

Es war vielmehr ein gegenseitiges Bemühen und Schönreden gewesen. Ihre Interessen waren völlig unterschiedlich gewesen. Nein, sie suchte etwas anderes. Jemand anderen. Vielleicht jemanden, den es gar nicht gab.

In ihrer Jugend war sie der süßen Verführung verfallen. Mit diesem Mann aus ihren Träumen war alles einfacher gewesen. Er hatte sie geliebt wie niemand zuvor. Schon vor dem Einschlafen hatte sie unentwegt an ihn gedacht, ihre Gedanken hatten nur um ihn gekreist. Und dann hatte sie sich in dieser unrealistischen Liebe verloren gehabt. Das Leben in der realen Welt war unwichtig, uninteressant geworden. Sie hätte es wohl über kurz oder lang aufgegeben, um für immer bei ihm sein zu können. Zum Glück hatte ihre Familie für sie die Notbremse gezogen. Sie zurückgeholt.

Diesen Fehler würde sie kein zweites Mal begehen. Ein weiteres Pärchen verließ den Pub, küsste sich innig im Licht der Straßenlaternen, als wollte es, dass alle Welt dies sah. Stella wandte sich ab, ließ sich auf die Couch fallen. Mit einer Hand langte sie in die frisch geöffnete Tüte Chips, und mit der anderen griff sie nach der Fernbedienung. Doch es schien, als hätten sich auch die Programmmacher gegen sie verschworen. Auf allen Kanälen liefen Liebesschnulzen. Sie schaltete das Gerät entnervt wieder aus. Es war eine Nachwirkung des Valentinstags. Wie grässlich.

Vielleicht hatte Lizzy recht. Vielleicht sollte sie Dustin Reed tatsächlich fragen?

Aber es fühlte sich komisch an, selbst den ersten Schritt zu tun. Stella war es gewöhnt, dass die Männer auf sie zukamen. Sie hatte keine Erfahrung darin, nach einem Date zu fragen. Außerdem war sie sich nicht sicher, was sie von Dustin Reed halten sollte.

Der war zwar sehr attraktiv und wusste sich zu kleiden, aber unterschwellig strahlte er auch immer etwas Unnahbares aus. Ganz sicher war er eitel. Davon abgesehen, ärgerte es sie immer noch, dass eine betriebsfremde Person den Job bekommen hatte, den alle Angestellten gern gehabt hätten. Wahrscheinlich lag es am Vitamin B. Davon hatte Stella viel zu wenig.

»Warum so trübsinnig heute Abend?«

Sie blickte zu Gregoire hoch. Sein Erscheinen überraschte

sie schon gar nicht mehr, war fast zur Normalität geworden. Und die Tatsache, dass er gerade in seinem Adelsgewand vor ihr stand, konnte nur bedeuten, dass sie über ihren Frust bereits eingeschlafen war. Auch gut, dachte Stella und zuckte mit den Schultern. Wenigstens einer, der ihr heute Abend Gesellschaft leisten wollte.

»Ich habe auf Euch gewartet«, verkündete er.

»Tut mir leid, das nächste Mal werfe ich eine Schlaftablette ein, damit wir uns schneller sehen.«

»Schlaf? Ihr glaubt, Ihr träumt?« Er lachte herzlich.

»Was denn sonst?«

»Fühlt sich das denn wie ein Traum an?« Er beugte sich zu ihr herunter, und seine Lippen berührten sanft die ihren. Stella genoss das süße Prickeln auf ihrem Mund und den männlichen Geschmack auf ihrer Zunge.

»Nein«, sagte sie leise. Es fühlte sich nicht wie ein Traum an. Sondern sogar sehr real. Realer als real. Aber das war in Träumen immer so. Erst wenn man aufwachte, erkannte man den Irrtum.

»Seht Ihr.« Er lächelte und zog sie zu sich hoch.

»Was hast du heute Abend mit mir vor?«

»Zuerst will ich tanzen.«

»Du tanzt wohl gern.«

»In der Tat.«

»Aber ohne Musik?«

Er summte ihr etwas ins Ohr. Sehr leise. Es klang altertümlich. Wahrscheinlich war es ein Stück, das aus seiner Zeit stammte. Stella fragte sich, wie das wohl funktionierte. Da er eigentlich ein Produkt ihrer Phantasie war, konnte Gregoire nur die Dinge wissen, die sie selbst auch wusste.

Doch mit dieser Art Musik kannte sich Stella beim besten Willen nicht aus. Sie war sich sogar sicher, dieses spezielle Stück noch nie zuvor gehört zu haben.

Aber genau genommen spielte das alles keine Rolle. Sie war froh, dass er hier war. Es fühlte sich schön an, jemandem nah zu sein, die Wärme eines anderen Körpers zu spüren.

»Ihr tanzt wundervoll«, lobte er sie.

»Du sagst immer so nette Dinge zu mir.« Auch das mochte sie an ihm. Nie hatte er etwas an ihr auszusetzen, zu bemängeln.

»Warum sollte ich auch nicht? Ich werbe um Euch. Es wäre töricht, Euch dies nicht wissen zu lassen.«

»Demnach ist es geflunkert? Das hättest du mir jetzt nicht verraten sollen.« Sie lächelte.

»Nein«, widersprach er. »Es ist die Wahrheit. Eure Anmut verzaubert mich.«

Stella spürte, wie sich ihre Wangen röteten. Ihr gefiel es, wie gewählt er sich ausdrückte. So sprach heutzutage niemand mehr.

»Du bist doch gewiss nicht nur hier, um mit mir zu tanzen, Gregoire.«

»Ihr habt mich natürlich durchschaut, Mademoiselle. Aber heute warte ich darauf, dass Ihr den ersten Schritt wagt.«

»Den ersten Schritt?« Da waren sie ja wieder beim Thema.

Er nickte.

Ob ihr Unterbewusstsein ihr suggerieren wollte, dass sie bei Dustin mutiger sein sollte?

»Ich habe nie den ersten Schritt getan«, gestand sie.

»Ihr hattet das niemals nötig. Selbst jetzt habt Ihr das nicht. Aber ich werde dennoch warten.« Er zwinkerte ihr zu. Stella wusste nicht, was sie tun sollte. Ihr Körper sehnte sich nach seinem. Aber da war noch mehr. Sie wollte Küsse auf ihren Lippen, ihrer Haut spüren. Zärtliche Hände, die sie überall streichelten. Sein Begehren.

Offenbar sollte sie sich diesmal holen, wonach es ihr verlangte. Doch vielleicht war das auch ein Fehler. Sie durfte die Wirklichkeit nicht aus den Augen verlieren. Aber das Drängen in ihr wurde immer stärker.

Also schön, dachte Stella und löste sich von ihm. Langsam schob sie den Träger ihres Tops über die Schulter, und sofort hatte sie Gregoires Aufmerksamkeit. Ein gieriges Leuchten trat in seine Augen. Ja, ihm gefiel, was er sah. Sie tippte mit dem Zeigefinger auf ihre Schulter, und er kam näher, küsste sie sanft dorthin. Sofort überlief eine Gänsehaut ihren ganzen Körper. Ein heißkalter Schauer jagte ihr über den Rücken. Ihr Finger fuhr nun über ihren Hals, und seine Lippen folgten dieser Spur, küssten sie zärtlich an dieser erogenen Stelle.

Sie hörte, wie sein Atem schneller ging, spürte ihn heiß auf ihrer Haut. Offenbar erregte ihn das Spiel. Ihr Finger deutete nun auf ihren Mund.

Er zögerte, doch dann riss er sie plötzlich in die Arme. »Ihr seid eine Meisterin der Verführung, ich habe Euch unterschätzt. Dabei hätte ich es besser wissen sollen, damals auf dem Markt …«

Seine Worte verwirrten sie. Welcher Markt? Wovon redete er? Aber bevor sie ihn fragen konnte, hatten seine Lippen ihren Mund längst verschlossen. Gierig drang seine

Zunge in sie, rieb sich an der ihren, drückte sie etwas zurück. Dieser Kuss war nicht nur explosiv und so heiß, dass sie glaubte innerlich zu verglühen, sie bildete sich ein, sein Verlangen plötzlich zu schmecken. Wie war das möglich?

Und dieses Verlangen war nicht nur unendlich köstlich, sondern auch sehr alt, als würde es schon seit geraumer Zeit bestehen, viel länger, als sie selbst existierte. Sie schmeckte Lust, Gier, aber auch Zuneigung und Sehnsucht, die brannte.

Irritiert drückte sie ihn ein Stückchen von sich weg. »Was geht hier vor sich?«, fragte sie atemlos.

»Ist das nicht offensichtlich?«

»Nein, ist es nicht, sonst würde ich nicht fragen.«

»Ich begehre Euch.«

Ja, genau das hatte sie geschmeckt. Doch es war nicht allein ein sexuelles Begehren gewesen. Es war viel tiefgreifender. Und erschreckend realistisch. »Du kennst mich doch kaum.«

Ein solches Begehren musste wachsen. Es kam nicht von heute auf morgen. Es gedieh wie eine Pflanze, die stetig gewässert wurde.

»Ich kenne Euch besser, als Ihr glaubt.«

Seine Worte verwirrten sie. Seltsamerweise hatte aber auch sie das Gefühl, ihn schon viel länger zu kennen, als es tatsächlich der Fall war. Als wären sie alte Seelen, die sich nach langer Zeit wiederbegegneten.

Stella fing ernstlich an, an ihrem Verstand zu zweifeln. Nicht nur, dass sie sich einen Traummann zusammenphantasierte, jetzt glitt das Ganze auch noch ins Esoterische ab. Vielleicht sollte sie morgen zu ihrem Hausarzt gehen und sich durchchecken lassen.

Gregoire lächelte sie sanft an und ging plötzlich auf die Knie vor ihr. »Ist es so schwer, dies zu glauben, Mademoiselle? Ich habe eine lange Reise hinter mir, nur um bei Euch sein zu können.«

»Das ist alles nicht echt.« Das durfte sie auf keinen Fall aus den Augen verlieren.

»Es ist so echt, wie Ihr es wünscht.« Diese Augen, die vor Sehnsucht nach ihr strahlten, weckten ihre eigene Sehnsucht. Sie ging ebenfalls auf die Knie, berührte sanft seine Wange.

»Du trägst Rouge?«, stellte sie amüsiert fest.

»Ich wurde 1759 geboren. Es war die Mode damals.«

»Und du bist ein Adliger?«

»Mein Name ist Gregoire de Serment«, sagte er und nickte.

»De Serment? Diesen Namen hast du mir damals, als du mich kurz nach meinem achtzehnten Geburtstag aufgesucht hast, nicht genannt. Und dennoch kommt er mir vertraut vor.«

»Tatsächlich?« Hoffnung blitzte in seinen Augen auf. »Versucht Euch zu erinnern.«

Hatte sie schon einmal etwas über einen Gregoire de Serment gelesen? Oder eine Dokumentation über ihn gesehen? Irgendwoher musste dieser Name ja stammen, der offenbar in ihrem Unterbewusstsein abgespeichert war.

»Mich erinnern? Woran denn?«

Er blickte zu Boden. »Es wäre zu einfach, wenn ich Euch das sagen dürfte. Ihr müsst von selbst darauf kommen. Ich bin gebunden, dürfte nicht einmal hier sein.«

»Und doch bist du es. Du brichst wohl gern die Regeln?«

»Jede Regel, die zu brechen sich lohnt.« Er zwinkerte ihr zu, beugte sich über sie und öffnete den Mund. Sein Atem schlug ihr heiß entgegen, weckte ihre Sehnsucht, und Stella konnte nicht anders, als sich ihm hinzugeben. Ihre Lippen berührten sich. Heiß und feucht. Sie spürte seine Zunge, schmeckte abermals diese intensive Sehnsucht. Es weckte ein süßes Prickeln zwischen ihren Schenkeln.

Gregoire schien das zu spüren, denn seine Hand legte sich genau auf diese Stelle, massierte sie sacht, was die Gefühle nur noch mehr intensivierte. Sein Finger glitt in ihre Enge, bewegte sich vor und zurück. Dasselbe tat seine Zunge, nur sehr viel zärtlicher. Stella fühlte sich wie Wachs in seinen Händen. Machtlos, sich diesen Reizen zu entziehen. Alle Fragen verloren an Bedeutung. Seine Nähe, seine Wärme, das war jetzt wichtig.

Sie schob sich ihm entgegen, spürte, wie ein Beben ihren Unterleib erfasste. Der Orgasmus kam überraschend schnell, dass sie laut aufkeuchte. Erschöpft, aber auch befriedigt, sank sie auf den Boden, schnappte nach Luft.

Sie wollte ihm sagen, wie phantastisch es für sie gewesen war, doch sie rechnete damit, dass er nun ohnehin verschwunden wäre. So war es immer.

Doch da spürte sie plötzlich eine Hand, die ihr eine feuchte Haarsträhne aus dem Gesicht strich. Überrascht öffnete sie die Augen und blickte ihn an.

»Du bist noch hier?«, wunderte sie sich.

»Ich … konnte nicht gehen.«

Sie erinnerte sich an den Geschmack seiner Sehnsucht auf ihrer Zunge. Ein Geschmack, wie sie ihn nie zuvor verspürt hatte. Er war überwältigend gewesen.

»Wieso … bleibst du nicht einfach?«, fragte sie nach und fand ihre Frage töricht. Er war nur ein Traum. Träume schwanden. Man konnte sie nicht festhalten. Das war ihre Natur.

Gregoire hob die geschwungene Augenbraue. »Bleiben?«

Sie nickte zögernd. »Über Nacht, meine ich. Das wäre … doch schön. Ich hätte das Gefühl, jemand wäre bei mir. Jemand, dem ich etwas bedeute.« Sie kam sich unendlich verzweifelt vor.

»Das klingt wundervoll. Und ich würde nur zu gern, aber …«

Stella winkte ab. »Natürlich. Das war dumm. So etwas geht gar nicht.« Träume waren Schäume, pflegte man doch zu sagen.

»Das ist es nicht, Ihr müsst mir glauben. Es ist nur schwer zu erklären …«

Sie lächelte. »Du musst mir nichts erklären. Das, was wir hatten, war schön. Und ich bin nur eine alte Närrin.«

»Das seid Ihr nicht!«

Was war sie dann? Sie klammerte sich an einen unsichtbaren Freund. Vielleicht war das sogar pathologisch.

»Glaubt mir, Stella. Das seid Ihr nicht«, bestärkte er sie. »Und ich fand es auch wunderschön mit Euch.«

Stella schüttelte amüsiert den Kopf. Dieser Casanova. »Und nachdem wir nun schon einige Male miteinander geschlafen haben, könntest du mich auch duzen, findest du nicht?«

Er erhob sich, reichte ihr die Hand. »Duzen«, wiederholte er.

»Hat man das in deiner Zeit nicht getan?«

»Nicht oft zumindest. Aber wenn Ihr … ich meine, wenn du dich damit wohler fühlst.«

»Ja, Greg«, gab sie zu.

»Greg. Das gefällt mir.«

Stella musste schmunzeln. Dennoch machte sie sich keine Illusionen, ihr Liebesleben war eine einzige Täuschung. Besser, sie gestand sich das ein. Seltsam war nur, dass sich Greg so echt anfühlte. Als wäre er wirklich real. Sie durfte nicht in diese trügerische Falle tappen.

*

»Ich habe es auch getan«, verkündete Lizzy am nächsten Morgen aufgeregt, doch leise genug, dass die Kollegen im Call Center von A-Key es nicht hörten.

»Auch getan?« Stella, die gerade erst ins Büro gekommen war, konnte ihrer Freundin nicht ganz folgen. Sie hatte eine unruhige Nacht hinter sich. Nachdem Greg verschwunden war, hatte sie die geballte Ladung ihrer Einsamkeit erfasst gehabt, und an Schlaf war ab da kaum noch zu denken gewesen.

»Ich habe mir auch …« Lizzy wurde noch etwas leiser, blickte sich verschwörerisch nach den Lästerschwestern um und fuhr fort: »… einen Liebhaber erschaffen. Meiner ist ein Highlander.«

»Ah«, machte Stella. Doch sie war sich immer noch nicht ganz sicher, worauf ihre Freundin anspielte.

»Danke für diesen tollen Tipp.«

»Tipp?«

»Na, das mit dem Traummann.«

Allmählich verstand Stella, wenngleich es sie verwirrte. Wozu brauchte Lizzy, die doch in einer glücklichen Beziehung war, derartige Tipps?

Ihr Blick musste Lizzy wohl verunsichert haben, denn plötzlich druckste diese herum. »Ich … hab's dir nicht sagen wollen, aber Jack und ich haben im Moment ein paar Probleme.«

Stella hatte es fast geahnt. Wenn Lizzy von ihrer Beziehung gesprochen hatte, dann immer in Superlativen, als versuchte sie etwas zu kaschieren.

»Jetzt ist es raus.« Lizzy senkte den Blick. »Die Romantik ist flöten.«

»Das tut mir wirklich leid.«

»Das braucht es nicht, ehrlich, ich habe alles im Griff.« Aber sie wagte es nicht, Stella anzusehen.

»Du schämst dich doch etwa nicht vor mir?«

»Er … ist immerhin dein bester Freund.«

»Und du bist meine beste Freundin!« Sie verspürte den Drang, Lizzy einmal fest zu umarmen, doch Lizzy blieb auf Abstand. Es war ihr augenscheinlich sehr unangenehm, dieses Thema noch mehr zu vertiefen. Also beschloss Stella, ihre Freundin auf andere Gedanken zu bringen.

»Aber das mit deinem Highlander ist ja schon ein starkes Stück. Ich dachte, du würdest es albern finden.«

»Zuerst schon«, gab Lizzy zu. »Aber jetzt nicht mehr. Diese Traummänner können schon sehr tröstend sein.«

»Dann erzähl mir doch mal von ihm.«

»Er hat lange Haare, Augen wie glühende Kohlestücke und Hände wie Bärenpranken.«

Stella lachte. Das klang nicht gerade erotisch. Aber wenn es Lizzy gefiel …

»Hat er denn auch einen Namen?«, hakte sie neugierig nach.

»Einen … Namen? Ich … hab ehrlich gesagt nicht danach gefragt. Hat denn dein Traummann einen vollständigen Namen, abgesehen von seinem Vornamen? Wie war der noch gleich?«

»Gregoire. Gregoire de Serment«, rutschte es Stella heraus. Es war sicher nicht klug, allzu viel über ihren Traummann zu verraten. Sonst hielt Lizzy sie am Ende noch für eine Verrückte. Ein bisschen verrückt waren diese übersinnlichen Begegnungen ja tatsächlich.

Lizzy wiederholte den Namen und hackte auf ihrer Tastatur herum.

»Was machst du denn da?«, wunderte sich Stella und schaute ihrer Freundin über die Schulter.

»Ich bin einfach neugierig«, erwiderte Lizzy, die unterdessen den Browser öffnete und Gregoires Namen in die Suchmaschine tippte. Zu Stellas wie auch Lizzys Überraschung wurden mehrere Treffer für den Namen »Gregoire de Serment« angezeigt. Damit hatte Stella nicht gerechnet. Gab es also in der Tat einen Mann mit diesem Namen?

»Das ist ja interessant!«, rief Lizzy plötzlich aufgeregt und öffnete ein weiteres Fenster. »Das hier, das musst du dir ansehen.«

»Was ist das?«, fragte Stella verwirrt. Ein Artikel? Es gab keine Bilder, nur Text.

»Das Tagebuch von einer gewissen Isabelle Souessou.«

Stella schüttelte verwirrt den Kopf. Dieser Name kam ihr

irgendwie bekannt vor, auch wenn es kaum einen Sinn ergab. Woher sollte sie eine Französin kennen?

»O là là«, sagte Lizzy und stieß einen Pfiff aus.

»Was ist denn jetzt schon wieder?« Diese Sache machte Stella irgendwie nervös. Was suchte dieses Tagebuch überhaupt im Internet? War es echt oder Fiktion, etwa wie eine Art Briefroman?

»Dieses Tagebuch hat es ganz schön in sich.«

»Inwiefern?«

»Na, lies es doch mal selbst durch. Leidenschaft, feuchte Küsse, ein sinnliches Ziehen in der Schamregion.« Lizzy kicherte. »Diese Dame schildert ihre sexuellen Erlebnisse.«

Dann ist es gewiss ein Erotikroman, dachte Stella. Diese Annahme beruhigte sie sehr.

»Und rate mal, mit wem sie diese vergnüglichen Stunden verbringt.«

»Mit Gregoire?«

Lizzy nickte. »Daher hast du also diese Phantasie.«

»Hab ich nicht!«, empörte sich Stella. »Ich lese solche Romane überhaupt nicht.«

»Romane? Das ist doch kein Roman. Das ist ein historisches Dokument.«

»Veralbere mich nicht.«

»Ich meine es ernst, das stand in der Überschrift. Es ist ein authentisches Tagebuch aus dem 18. Jahrhundert.«

»Das kann doch nicht sein.« Die Sache wurde immer unheimlicher. Ihr Gregoire trug ja auch die Kleidung aus dem 18. Jahrhundert. Solch einen seltsamen Zufall konnte es doch nicht geben.

»Natürlich wird es jetzt als Neuauflage verkauft.«

Vielleicht hatte Stella irgendwann mal eine Werbung für dieses Buch gesehen und sich den Namen Gregoire de Serment unbewusst gemerkt. Aber etwas in ihr zweifelte erheblich an dieser Theorie.

»Ist ja auch egal. Ich habe dieses Buch jedenfalls nicht gelesen. Das mit dem Namen muss ein Zufall sein.«

Lizzy zuckte mit den Schultern. »Mir ist das gleich, woher du deine Inspiration beziehst. Aber vielleicht solltest du auch mal in Erwägung ziehen, solch einen Roman zu verfassen? Genug Phantasie hast du ja.«

»Ich denke drüber nach.«

Stella bemerkte den strengen Blick von Dustin Reed, der gerade ein paar Akten aus dem Großraumbüro holte. Rasch nahm sie wieder Platz, setzte ihr Headset auf und fing an zu arbeiten. Doch ihre Gedanken kreisten immer wieder um diese seltsame Geschichte. Als Dustin das Büro verließ, öffnete sie rasch den Browser und machte sich selbst auf die Suche nach diesem ominösen Tagebuch. Sie musste Klarheit haben, herausfinden, worum es in dieser Erzählung ging und wer dieser Gregoire war. Der Link war schnell gefunden, und es zeigte sich, dass es sich lediglich um eine Leseprobe handelte. Auf der Seite wurde auch das Buch angeboten, das man ganz bequem über einen Klick bei einem Online-Buchhändler bestellen konnte. Aber die Leseprobe genügte Stella bereits. Gierig begann sie zu lesen:

Sie haben mich vor ihm gewarnt. Sie sagten, er habe Charme. Sei vorsichtig, Isabelle, wenn du mit ihm sprichst. Er versteht es, dich zu bezirzen, ohne dass es dir gewahr wird. Sein Lächeln lässt dein Herz höher schlagen. Seine Augen können verführen. Ich schenkte ihren Warnungen keine Beachtung. Im Gegenteil. Sie machten mich neugierig. Weckten die Abenteuerlust in mir.

Ich bin kein Kind mehr. Ich weiß, was ich tue. Vor zwei Tagen lud ich Gregoire de Serment zu mir ein, als Vater außer Haus war. Er hätte nur gestört. Wann versteht er, dass sein Mädchen fort und an seine Stelle eine Frau getreten ist, deren Herz sich nach Leidenschaft sehnt?

Gregoire folgte der Einladung. Natürlich. Er konnte nicht widerstehen. Ich gebe zu, ich ahnte nicht, wie wunderschön er ist. So anmutig. Die besten Schneider fertigen seine Gewänder an. Auf den ersten Blick sieht ein jeder, dass er es sich leisten kann. Die Puderlocken sitzen perfekt.

Er begrüßte mich mit einem heißen Handkuss, der ein Prickeln auslöste, das bis in meinen Arm reichte.

»Darf ich den Grund Eurer Einladung erfahren, Mademoiselle?«, fragte er, und seine Stimme war samtig weich. Ihr Klang ließ mein Herz höher schlagen.

»Ich habe entschieden, dass Ihr der Richtige seid.«

»Der Richtige?« Er folgte mir in mein Gemach. Jeder Schritt voller Anmut.

»Ich habe lange überlegt, wie ich es anstelle«, fuhr ich fort und setzte mich auf mein Bett. Sein Blick glitt zu meinen Brüsten, die im letzten Sommer größer geworden waren. Sie wurden durch das Mieder nach oben gedrückt.

»Es anstelle?«

Ich kicherte. Wie unschuldig er tat. Er wusste doch längst, was ich von ihm wollte. »Mein Vater möchte, dass ich bald heirate.«

»Heiraten. Ich verstehe.« Jetzt wirkte er ablehnend. Offenbar dachte er, ich hätte ihn ausgewählt. Aber einen Mann wie ihn

sollte keine Frau heiraten. Sie würde sich nur ins Unglück stürzen.

»Nicht doch Euch.«

»Wenn nicht mich, was wünscht Ihr dann von mir, Isabelle?«

»Ihr sollt mich unterrichten.«

»Ich … verstehe nicht.«

»Das tut Ihr wohl. Hört auf mit den Spielen.«

»Ich soll Euch … in Liebesdingen unterweisen?«

»Ganz recht, Gregoire. Ich weiß aus zuverlässiger Quelle, dass Ihr … der Beste seid. Euer Ruf ist legendär. Es heißt, wer einmal von Euren Lippen kostet, der kommt nicht mehr von ihnen los.«

»Sagt man das?« Er schien amüsiert, aber auch geschmeichelt.

»Man sagt noch viel mehr.«

»Zum Beispiel?«

»Das ist jetzt nicht wichtig.«

»Für mich ist es das. Nennt mir mehr dieser Gerüchte.«

»Man sagt … Eure Leidenschaft wäre unersättlich. Es gäbe keine Frau, die sich Euch entziehen könne.«

Er lachte leise. »Die Leute übertreiben.«

»Tun sie das?«

»Ganz offensichtlich.«

»Werdet Ihr mir dennoch helfen?«

Ein selbstgefälliger Ausdruck trat in sein Gesicht. »Natürlich werde ich das. Wie könnte ich einer jungen Dame wie Euch meine Hilfe verwehren?«

»Ich dachte mir, dass Ihr das sagen würdet. Und doch sehe ich noch Zweifel in Euren Augen. Findet Ihr mich nicht ansprechend?«

»Oh, gewiss. Es sind keine Zweifel, Mademoiselle. Es sind Fragen.«

»So stellt mir doch Eure Fragen, Gregoire.«

»Mich wundert, weshalb Ihr diesen Wunsch verspürt. Die meisten jungen Damen möchten unberührt in die Ehe gehen.«

»Und diese jungen Damen haben überhaupt keine Ahnung. Ich möchte meinen Gatten mit meinen Talenten beglücken. Jetzt kommt Ihr ins Spiel. Ihr müsst mir zeigen, wie es geht.«

»Ein wohldurchdachter Plan.«

»Und nun, da Ihr ihn kennt, frage ich Euch noch einmal, werdet Ihr mir helfen?«

Er strich sich nachdenklich über das Kinn. »Ich soll Euch beibringen zu verführen?«

»Darum bitte ich Euch.«

»Und wie weit darf ich dieses Spiel treiben?«

»Ihr werdet aufhören, wenn ich es Euch sage.« Ich hatte nicht vor, mich entjungfern zu lassen. Dieses Privileg sollte tatsächlich meinem Gemahl zustehen. Aber all die anderen Vergnügungen wollte ich erfahren, um nicht ganz unvorbereitet in die Ehe zu gehen.

»Einverstanden.«

Ich atmete auf. Für einen winzigen Moment hatte ich befürchtet, Gregoire würde mein Gesuch zurückweisen. Das hätte mich gekränkt, schließlich wusste ein jeder, dass dieser Mann nie eine Chance vertat.

Ich fingerte nervös an den Schnüren meines Mieders, um mich frei zu machen, als er mich unterbrach. »Was tut Ihr denn da, Isabelle?«

»Ich nehme mein Gewand ab.«

»Lasst mir doch die Freude.«

»Ihr wollt es tun?«, fragte ich verwundert.

»Für einen Mann gibt es nichts Schöneres, als ein Geschenk

auszupacken.« Er zwinkerte mir zu, und dann zog er die Schnüre heraus, befreite mich von dem Mieder. Vorsorglich hatte ich auf den Reifrock verzichtet, so war es ein Leichtes, das Kleid abzustreifen.

»Ihr friert«, stellte er fest, als er die Gänsehaut an meinen Armen bemerkte. »Ich will Euch helfen, dass Euch wärmer wird.« Jetzt trat er hinter mich, und ich spürte etwas Feuchtes an meinem Nacken, das mich kichern ließ. Es brauchte einen Moment, ehe ich begriff, dass es seine Lippen waren. Sie fühlten sich wundervoll an.

Weich, feucht, warm. Und sie ließen keine Stelle an meinem Rücken aus, langsam wanderten sie tiefer hinab, folgten meiner Wirbelsäule, bis er schließlich Küsse auf meine Pobacken hauchte. Das machte mich nur noch nervöser.

»Euer Gatte wird Euren Duft lieben«, verkündete Gregoire. Erst da merkte ich, dass er inzwischen ganz nah an meine Scham gelangt war. Instinktiv stellte ich die Beine weiter auseinander, so dass er noch näher herankommen konnte.

»Glaubt Ihr?«

»Ich bin mir sicher. Ihr duftet jung und frisch, nach Rosen.« Seine Hand legte sich zwischen meine Beine. Es war ein fremdartiges Gefühl, das sowohl schön als auch beängstigend war. Mein Herz schlug so schnell, dass mir schwindelte, und als ich auch noch seine Fingerkuppe an meiner Pforte spürte, gingen mir die Nerven durch. Ich wich zurück, setzte mich wieder aufs Bett.

»Was ist mit Euch?«, erkundigte er sich voller Sorge.

Ich wusste nicht mehr, ob ich das Richtige tat.

»Ich will ganz vorsichtig sein, das verspreche ich«, sagte Gregoire. »Ihr solltet jetzt nicht innehalten. Euer Mann wird es Euch eines Tages danken.«

Er bestärkte mich in meinem Vorhaben, und ich öffnete wieder die Beine.

»Ich höre auf, sobald Ihr es wünscht. Das ist unsere Abmachung.«

Er hockte vor mir, streichelte abermals meine Scham. Andächtig, fasziniert, so schien er mir. Als wäre dies der erste weibliche Körper, den er nackt sah. Es war töricht, dies zu denken, aber vielleicht, so dachte ich, ist dies auch sein Geheimnis. Er gibt jeder Frau das Gefühl, sie wäre die Einzige für ihn.

»Tut doch nicht so erstaunt, als wäre ich Eure erste Liebe«, entwich es mir auch schon. Hoffentlich hatte ich ihn damit nicht gekränkt, aber Gregoire lachte.

»Chantine seid Ihr nicht, Isabelle. Aber jede Frau sieht anders aus. Jede Frau ist eine Entdeckung, ein Abenteuer für sich.«

»Chantine? So hieß die Frau, die Euch Eure Unschuld raubte?«

Sein Blick glitt in die Ferne, und ich erkannte, dass Chantine eine besondere Rolle in Gregoires Leben gespielt hatte. Sie hatte einen Platz inne, den wahrscheinlich keine andere Frau jemals würde einnehmen können. Die erste Liebe.

»Fahrt bitte fort«, sagte ich, bevor er keine Lust mehr auf das Neue verspürte. Sofort richtete er den Blick wieder auf die Stelle zwischen meinen Beinen.

»Euer Duft betört, Isabelle.« Mit diesen Worten waren seine Lippen wieder an meiner Scham, und er schenkte mir die schönsten Gefühle, ein Prickeln, wie ich es nie zuvor verspürt hatte. Mir war, als würde ich in der einen Sekunde fiebern und in der nächsten erfrieren. Laute drangen aus meinem Mund, die mir fremd waren, nicht nach mir klangen. Ich geriet in Ekstase, verlor mich in mir selbst und spürte nur noch grenzenlose Lust und das Beben meines eigenen Körpers. An diesem Abend schenkte mir

Gregoire meinen ersten Orgasmus. Es war ein Erlebnis, das ich niemals wieder vergessen würde.

Stella klickte das Browserfenster rasch weg, als Dustin Reed wieder in das Großraumbüro kam. Zielstrebig hielt er auf sie zu. Stella versuchte so schnell wie möglich einen Anruf entgegenzunehmen, als Dustin bereits den Kopf schüttelte.

»Könnte ich Sie mal kurz sprechen?«

»Mich?«, fragte sie erstaunt. Hoffentlich hatte der neue Abteilungsleiter nichts mitbekommen. Sie wurde schließlich nicht fürs Surfen im Netz bezahlt.

Er nickte nur.

»Sicher, Mr Reed.« Sie blickte unschuldig zu ihm hoch, versuchte sich nicht anmerken zu lassen, wie durcheinander sie nach dem Lesen dieses Textes war.

Isabelles Beschreibung von Gregoire passte haargenau auf ihren Gregoire. Wie war das zu erklären? Es lag nahe, dass es sich um ein und denselben Mann handelte. Aber das war ausgeschlossen, entbehrte jeglicher Logik. Und doch waren sich die beiden Gestalten ähnlicher, als ihr lieb war. Gregoire war ein Draufgänger, ein Verführer. Eigentlich nicht gerade der Typ Mann, den sie anziehend fand. Und doch war sie ihm erlegen.

»Wären Sie so gut, mir bitte zu folgen.«

Das klang aber ernst. Sie warf Lizzy einen verunsicherten Blick zu und folgte Dustin Reed aus dem Büro.

»Ich … wollte es nicht gleich öffentlich machen«, fing er an. Wollte er sie etwa feuern? Nur weil sie kurz im Internet gesurft hatte. War das bereits ein Kündigungsgrund?

»Worum geht es?«, fragte sie scharf, weil sie sich schon arbeitslos wähnte. Doch ihre schroffe Reaktion schien ihn zu überraschen.

»Ich … wollte fragen, ob Sie Lust hätten, heute mit mir Mittagessen zu gehen?« Ein Lächeln umspielte seine Lippen. Er wirkte fast bescheiden. Jedenfalls nicht halb so arrogant wie sonst, wenn er wie ein Pfau durch den Komplex stolzierte. »Ich würde mich sehr freuen.«

»Essen gehen?«, wiederholte Stella.

»In der Mittagspause. Das bietet sich an.«

Ein Stein fiel ihr vom Herzen, als sie endlich begriff, dass er sie gar nicht feuern wollte.

»Ja … wieso … eigentlich nicht.«

»Wunderbar. Ich hole Sie gegen zwölf ab, ja?«

Stella nickte. Und schon war Dustin Reed wieder verschwunden. Als Abteilungsleiter hatte er viel zu tun.

Stella kehrte zu ihrem Platz zurück. Sie konnte nicht glauben, was soeben geschehen war. Hatte Lizzy die ganze Zeit über mit ihrem Verdacht recht gehabt? Sie wischte den Gedanken fort. Wahrscheinlich ging es um etwas Geschäftliches.

»Und? Was wollte er denn von dir?«, wollte Lizzy auch schon wissen. Die Neugier stand ihr ins Gesicht geschrieben. Vor Lizzy konnte man einfach keine Geheimnisse haben.

»Er will mit mir essen gehen.«

»Was? Aber … das ist doch wunderbar. Ein Mann aus Fleisch und Blut.«

»Es ist wahrscheinlich etwas Geschäftliches«, beteuerte Stella, obwohl Dustin keine Andeutung in diese Richtung gemacht hatte. Genau genommen hatte er überhaupt keine Andeutung in irgendeine Richtung gemacht. Worum es ihm bei diesem Essen ging, würde sie wohl erst in der Mittagspause erfahren.

»Reed steht auf dich, das hab ich dir doch von Anfang an gesagt.«

»Nein, nein, das verstehst du falsch. Er steht nicht auf mich, er will nur essen gehen. Unter Kollegen sozusagen.« Davon war Stella fest überzeugt.

»Und warum hat er dann uns andere nicht gefragt, ob wir auch mitkommen wollen?«

Das war eine berechtigte Frage, auf die Stella keine Antwort wusste.

»Ich werde ja nachher sehen, was er will, und du wirst es dann als Erste erfahren. Versprochen.«

»Na, das will ich aber auch hoffen.« Lizzy wandte sich gut gelaunt ihrem nächsten Kundengespräch zu.

Stella warf einen Blick auf die Uhr. In anderthalb Stunden würde sie mehr wissen. Sie war gespannt, welches Lokal er auswählte.

*

Manchmal kommt es anders, als man denkt. Stella hatte sich auf ein gemütliches Mittagessen mit Dustin Reed gefreut, und jetzt saß sie mit ihm in einem edlen japanischen Restaurant, das derart viele Gaumenfreuden anbot, dass Stella sich nicht für eine davon entscheiden konnte. Es war 20 Uhr. Auch den Umstand, dass aus dem Mittag- ein Abendessen geworden war, hatte sie nicht erwartet, doch Dustin hatte sie kurzfristig vertröstet, weil ihm eine wichtige Angelegenheit dazwischengekommen war. Daraufhin hatte er versprochen, es wiedergutzumachen, und das Versprechen hatte er noch am selben Abend eingelöst. Und nun saß sie hier, unsicher, was Dustin Reed eigentlich von ihr wollte. Denn das war immer noch nicht klar.

»Tut mir wirklich leid wegen vorhin«, entschuldigte er sich.

»Ist schon vergessen!« Ihretwegen hätte er sie auch jetzt nicht einladen müssen.

»Ich hatte mich auf unseren Lunch gefreut. Aber manchmal geht es im Büro einfach drunter und drüber, Sie kennen das ja selbst.«

O ja, dachte Stella. Immerhin hatte er jetzt ihren Job. Doch das wollte sie lieber nicht zur Sprache bringen. Heute Abend brauchte sie alles, nur kein böses Blut.

Eine Kellnerin nahm ihre Bestellungen auf. Stella entschied sich, das Gleiche wie Dustin zu nehmen. Sie kannte sich mit der japanischen Küche weniger aus als er.

»Sie sind oft hier?« Stella überlegte, wie viele Frauen er wohl schon hierher ausgeführt hatte. Ins *Lotos*. Ein wirklich geschmackvolles Restaurant mit traditionellem Ambiente. Im Hintergrund spielte japanische Musik, die Kellner trugen historisch anmutende Gewänder.

»Ja. Es liegt in der Nähe.«

»Sie wohnen hier?«

Das war eine teure Gegend. Aber als Abteilungsleiter konnte er sich das natürlich leisten, während eine kleine Call-Center-Agentin wie sie mit einer winzigen Wohnung vorliebnehmen musste.

»Wollen wir nicht zum Du übergehen?«

»Zum Du?«, fragte sie erstaunt. Hatte Lizzy am Ende doch recht, und dies war weit mehr als ein Arbeitstreffen? Um die Arbeit ging es ja auch überhaupt nicht. Bisher hatte er dieses Thema nicht angeschnitten, und auch sie hütete sich davor, eben weil sie diese Ungerechtigkeit erst einmal verarbeiten musste. Was hatte ihren Chef nur dazu bewegt, den Job nicht intern zu vergeben, wie es ursprünglich angekündigt worden war?

»Nun ja, es würde mich jedenfalls freuen.« Er lächelte charmant. Stella versuchte diesen Umstand zu ignorieren, genauso wie die Tatsache, dass Dustin Reed ein äußerst attraktiver Mann war. Es war schwer, die Augen davor zu verschließen.

Ein Mann aus Fleisch und Blut, erinnerte sie sich an Lizzys Worte. Keine Phantasiegestalt. Ein echter Mensch. Vielleicht würde ihr eine solche Beziehung guttun. Sofern sie nicht scheiterte, wie ihre Beziehungen zuvor.

»In Ordnung.«

»Freut mich. Ich bin Dustin.«

»Ich weiß. Stella.«

»Ich weiß.« Sein Lächeln wurde breiter und strahlender. Dieses Lächeln machte ihn ungleich attraktiver. Im Grunde war er der Stereotyp eines Managers, wie man ihn in einem rasanten Hollywood-Film erwartete. Anzug. Strenge Haare. Aber auch strahlende Augen, ein markantes Kinn, eine stattliche Größe. Man konnte Dustin vieles vorwerfen, aber sicher nicht, dass er ungepflegt wäre oder sich nicht in Szene zu setzen wusste.

Fleisch und Blut.

Stella tendierte dazu, einen gewissen Typ Mann zu bevorzugen. Einen wie Manuel. Der ungebundene, freiheitsliebende Draufgänger. Vielleicht war das ja ihr Fehler. Solche Männer wollten sich nicht binden. Vielleicht sollte sie auch einmal einem anderen Typ Mann den Vorzug geben? Einem wie Dustin Reed, der pflichtbewusst war. Im Grunde ein Workaholic wie sie selbst.

Die Speisen wurden serviert. Es sah exotisch aus. Alles war in kleine Stücke vorportioniert.

»Das nennt sich Sashimi«, erklärte er. »Roher Fisch, ohne Reisunterlage.«

Stella kostete davon und war begeistert. »Das Restaurant haben Sie gut ausgewählt, Dustin.«

»Du.«

»Mmh?«

»Wir waren schon beim Du.«

Stella lachte. »Ja, richtig. Und was machst du sonst so, Dustin? Wenn du nicht gerade eine Mitarbeiterin ausführst?«

»Eigentlich habe ich kaum ein Privatleben«, gab er zu. »Ich bin immer am Arbeiten. Da bleibt keine Zeit für die schönen Dinge des Lebens.«

So in etwa hatte sie ihn eingeschätzt. Das bedeutete im Umkehrschluss auch, dass er kein Frauenheld war, der jedem Rock nachstieg. Dafür hatte er gar nicht die Zeit. Ganz im Gegensatz zu Monsieur de Serment. Stella schüttelte verwirrt den Kopf. Warum tauchte Gregoire ausgerechnet jetzt in ihrem Kopf auf? Er machte noch alles kaputt.

»Ist alles okay?«, fragte Dustin besorgt, weil er wohl ihre merkwürdige Reaktion bemerkt haben musste.

»Ja, ich hatte nur gerade … so ein Kopfschwirren. Entschuldige mich bitte einen Moment.« Sie ging auf die Damentoilette, um ihre Handgelenke unter kaltes Wasser zu halten.

»Mach jetzt bloß nichts kaputt«, ermahnte sie ihr eigenes Spiegelbild. »Dustin ist offenbar viel netter, als du dachtest.«

Nachdem sie sich gut zugesprochen hatte, kehrte sie wieder zu Dustin zurück, der sie mit einer Rose überraschte.

»Die ist ja wunderschön«, sagte Stella gerührt und roch an der Blüte. »Wo kommt die denn so plötzlich her?«

»Als du dich eben frisch gemacht hast, kam ein Rosenverkäufer. Normalerweise ist das ja nicht meine Art, aber ich dachte, heute ist ein besonderer Abend. Ich wollte dir eine Freude bereiten.«

»Das ist dir definitiv gelungen.« Sie lächelte.

»Ich würde es im Übrigen begrüßen … wenn …« Dustin nahm einen Schluck Sake. »Wenn wir uns … vielleicht öfter sehen könnten.« Wurde er etwa gerade rot? Das war entzückend bei einem Mann.

»Das … kann ich mir durchaus vorstellen«, sagte Stella erst zögernd, dann jedoch immer überzeugter. Sie wollte es nur nicht überstürzen.

Seine Augen leuchteten nun regelrecht. »Gut. Ich habe rein zufällig meinen Terminplaner dabei.«

Terminplaner? Stella lachte leise. Als er sich selbst als Workaholic bezeichnet hatte, hatte er nicht übertrieben. Dustin war gut vorbereitet und bestens organisiert. »Samstag wäre wunderbar«, stellte er schließlich nach intensiver Analyse fest.

»Ich kann dazu noch gar nichts sagen. Ich … habe meinen Terminplaner nicht dabei.«

Stella lächelte verlegen und warf einen unauffälligen Blick auf seinen Kalender, wo sie unzählige fein säuberlich notierte Termine entdeckte. Dustin verplante seinen Tag auf die Minute genau. Im Laufe ihres Lebens hatte Stella viele Marotten von Männern kennengelernt, es war klar gewesen, dass auch Dustin eine haben musste. Mit dieser hier konnte sie jedenfalls gut leben. Es gab Schlimmeres, als übertrieben organisiert zu sein.

»Na ja, darüber können wir ja noch mal sprechen«, sagte er ein wenig enttäuscht.

»Sicherlich.«

Die Kellnerin servierte ihnen den Nachtisch. »Das sieht ein bisschen seltsam aus«, bemerkte Stella und betrachtete die mit Zucker gepuderten Teigstücke.

»Die nennen sich Mochi. Es handelt sich um japanischen Reiskuchen«, erklärte ihr Dustin. »Darin ist eine Rote-Bohnen-Paste. Es schmeckt süß. Probier sie ruhig.«

»Na schön, wenn du das sagst.« Das Gebäck fühlte sich seltsam weich in der Hand an, gab unter dem Druck ihrer Finger nach und war fast formbar, schmeckte jedoch hervorragend. Besonders die erwähnte Bohnen-Paste war ein Hochgenuss.

»Und? Hab ich zu viel versprochen?«

»Ganz und gar nicht. Es war wirklich ein schöner Abend.« Viel schöner, als sie es selbst erwartet hatte.

»Das freut mich.«

Dustin bezahlte, hinterließ auch ein großzügiges Trinkgeld und bat schließlich darum, sie nach Hause bringen zu dürfen.

»Das ist wirklich lieb, Dustin, aber ich rufe mir ein Taxi.

Ich kann nicht noch mehr deiner Zeit in Anspruch nehmen, ich bin sicher, du hast die Abendstunden bereits verplant.«

»Das habe ich nicht. Und … es wäre mir eine Freude, wenn der Abend nicht hier enden würde.« Er blickte sie mit treuen Hundeaugen an. Stella hatte ja keine Ahnung gehabt, dass ihr Abteilungsleiter solch einen Blick drauf hatte. Jetzt konnte sie nicht mehr nein sagen.

»Also schön«, gab sie nach und folgte ihm zu seinem Wagen. Zögernd stieg sie ein. Sie war unsicher, was sie selbst wollte.

Dustin gab Gas, kaum dass sie sich angeschnallt hatte, und fuhr los. Stella wurde regelrecht in ihren Sitz gedrückt. Ein wenig verunsicherte sie sein Alphamännchen-Gehabe. Wollte er irgendetwas beweisen? Und wenn ja, was?

Zumindest kam sie auf diese Weise schneller nach Hause. Sie sehnte sich nach einer heißen Dusche und ihrem Bett. Keine halbe Stunde später parkte er seinen Luxuswagen vor ihrem Wohnblock.

»Hier ist es also«, bemerkte er und blickte durch das heruntergelassene Fenster an der Hausfassade hoch. Stella hatte keine Ahnung, was er erwartet hatte. Eine Luxusvilla? Bei ihrem Gehalt? Wovon träumte Dustin nachts? Im Grunde genommen war es ihr auch nicht so wichtig, was er über ihre Wohngegend dachte. Sie fühlte sich wohl hier. Und darauf kam es an.

»Ja, hier ist es«, sagte sie knapp und löste den Gurt.

»Warte mal.« Er hielt sie am Arm zurück, lächelte zärtlich. »Ich … fand den Abend mit dir wirklich sehr schön.«

Stella seufzte leise. Sie hatte ihn ja auch genossen. Aber sie wurde nicht recht schlau aus Dustin. Er wirkte einerseits arrogant, überheblich. Der geborene Managertyp, auf den sie explizit nicht stand. Beim Essen hingegen hatte er sehr sympathisch gewirkt und in ihr den Eindruck erweckt, er habe noch eine sensiblere Seite, die er nur gut vor anderen verbarg. Vielleicht redete sie sich das auch nur ein. In jedem Fall war es eine Seite, die ihr zusagte, mit der sie sich anfreunden konnte.

»Ich fand es auch schön«, gab sie schließlich zu.

»Wie vorhin schon gesagt, ich würde wirklich gern öfter mit dir ausgehen. Meinst du, wir bekommen das hin?«

Sie mochte ihn, irgendwie. »Ich denke schon.« Stella wollte aussteigen, er hielt sie abermals zurück und zog sie plötzlich in seine Richtung. Es ging so schnell, dass Stella nichts dagegen unternehmen konnte. Sie spürte seinen heißen Atem auf ihren Lippen. Gleich würde er sie küssen. Ihr Herz raste. Doch ihr Zögern schien ihn zu irritieren. So hauchte er ihr nur ein Küsschen auf die Wange, anstatt sie auf den Mund zu küssen. »Gute Nacht«, flüsterte er.

»Gute Nacht«, sagte sie erleichtert und stieg aus. Erst nachdem sie die Haustür aufgeschlossen hatte, startete er den Motor.

Was für ein verwirrender Abend. Stella hatte keine Ahnung, was sie denken oder fühlen sollte. Der ganze Tag war mehr als merkwürdig gewesen. Erst hatte sie dieses seltsame Tagebuch von Isabelle Souessou entdeckt, und dann war sie auch noch mit Dustin ausgegangen, einem Mann, der sie normalerweise nicht interessierte. Er hatte keinen Hehl daraus gemacht, dass er sie anziehend fand. Also lag es an ihr, wie es weiterging.

Stella schleppte sich die Treppen hoch, denn der Fahrstuhl war mal wieder kaputt, und schloss dann ihre Wohnungstür auf. Im Flur schlüpfte sie aus den Schuhen, hängte die Jacke an der Garderobe auf und setzte sich dann im Wohnzimmer auf die Couch. In dem Moment vernahm sie plötzlich ein Knarren aus ihrem Schlafzimmer.

Sofort spannte sich jeder Muskel ihres Körpers an. Da war jemand! Sie griff nach der Vase auf dem Tisch, die sie im Notfall einzusetzen gedachte. Einen Moment lang harrte sie einfach nur aus. Dann entschied sie, dass es besser war, nach dem Rechten zu sehen. Auf Zehenspitzen schlich sie sich zum Schlafzimmer, stieß dann jedoch die Tür abrupt auf, um den Überraschungsmoment voll auszunutzen. Gleich darauf schrie sie auf, als sie den nackten Mann in ihrem Bett sah.

Der sprang wie von einer Tarantel gestochen auf und hielt beruhigend beide Hände hoch, anstatt sie vor seinen Kronjuwelen zu platzieren.

»Schon gut, schon gut, ich bin es doch nur«, rief er.

Erst jetzt erkannte sie Greg.

Langsam ließ sie die Vase sinken. »Wie … wie kannst du hier sein? Ich träume doch gar nicht. Ich bin eben erst nach Hause gekommen.« Es war unmöglich, dass sie in dieser kurzen Zeit auf ihrer Couch eingeschlafen war. Oder doch?

»Wer war dieser Kerl, der dich nach Hause gebracht hat?«

Seine Frage irritierte sie. »Spionierst du mir etwa nach?«

»Nein, ich hab nur aus dem Fenster geschaut. Reiner Zufall, dass ich euch sah.«

Natürlich wusste er von Dustin. Greg war nur ein Hirngespinst. Alles, was sie wusste, wusste er auch. Ganz automatisch. Also träumte sie gerade doch. Es war unheimlich, wie schnell sie manchmal einschlief.

»Das geht dich nichts an.«

»Ich habe kein gutes Gefühl bei dem. Der ist mir suspekt.«

Sie atmete tief durch und verschränkte die Arme vor der Brust.

»Schon gut, ich sag ja nichts mehr. Friede, ja?«, bot er an.

Sie war immer noch angespannt, stellte die Vase aber zurück und nickte.

»Aber … wenn ich ehrlich sein darf … es gefällt mir nicht, wenn du mit so einem Schnösel ausgehst. Das ist alles. Das wollte ich nur zum Ausdruck bringen.«

Stella lachte. »Tja, nur leider hast du da gar kein Mitspracherecht.«

»Eine Frau sollte sich für den Einen aufheben.«

»Und dieser Eine bist du?«

»Natürlich.«

Stella schmunzelte. »Ist schon praktisch, wenn man solche Regeln aufstellt, sich selbst aber nicht daran hält. Ich schätze, für Männer gibt es einen anderen Kodex, mh?«

»Wie kommst du jetzt darauf?«

»Ich sage nur Isabelle Souessou.«

Täuschte sie sich, oder wurde Greg jetzt etwas blasser? Der Name schien ihm tatsächlich etwas zu sagen.

»Dies ist eine lange Geschichte, die hier nicht erörtert werden sollte.«

»Ich würde sie aber nur zu gern hören.«

Er straffte die Schultern, setzte sich dann wieder ins Bett und winkelte die Beine zum Schneidersitz an. Dies erlaubte ihr einen sehr ausführlichen Blick auf seine Genitalien. Stella wollte da eigentlich gar nicht hinsehen, doch bei diesem enormen Gemächt war es schwer, den Blick abzuwenden.

»Es ist eigentlich nicht wichtig. Zumindest nicht, was uns betrifft.«

»Das sehe ich aber anders.« Sie setzte sich auf den Flokati direkt vor Gregoire hin.

Er seufzte gedehnt. »Isabelle bedeutete mir nichts. Und ich ihr ebenfalls nicht. Unser Treffen war vielmehr wie … Unterricht. Der Lehrer, der seine Schülerin unterweist. Jeder von uns zog daraus seinen Gewinn.«

»Und welches war deiner?« Sie schaute ihn neugierig an.

»Nun«, er räusperte sich. »Erfahrung natürlich. Ich war jung.«

»Und jetzt bist du weit über zweihundert Jahre alt. Ich bin wirklich beeindruckt.«

»Wovon?«

»Lizzy hat recht. Ich sollte vielleicht einen Roman schreiben.«

»Ich kann dir nicht ganz folgen.«

»Das ist der schrägste Traum, den ich je hatte.«

»Du glaubst immer noch, du würdest träumen?«

Stella war davon überzeugt. Dies war die einzig logische Erklärung. Sie verarbeitete in diesen Träumen irgendetwas, sie hatte nur noch nicht herausgefunden, was das war.

»Ist dir nicht aufgefallen, wie echt sich alles anfühlt? Eine Berührung, ein Kuss.« Er beugte sich zu ihr vor, wollte offenbar ihre Wange streicheln, aber Stella schob seine Hand weg.

»Es ist ein plastischer Traum«, beharrte sie.

»Das ist der falsche Ansatz.«

»Und wie lautet bitte der richtige Ansatz?«

»Was treibt einen Rastlosen wie mich dazu, immer wieder zurückzukehren? Weit über zweihundert Jahre lang?«

Greg kletterte aus dem Bett, setzte sich vor sie hin und nahm ihre Hand in seine. Stella erlaubte es. Sie fühlte sich kühl an, und seine Haut war so blass, als hätte er seit Jahren kein Sonnenlicht mehr gesehen. War er ein Vampir?

Stella schüttelte den Kopf.

»Das ist kein Traum. Ich bin deinetwegen hier.« Er sah ihr in die Augen. Das Leuchten war fast verschwunden. Stattdessen sah sie Sorge in seinem Blick. Verzweiflung.

»Ich darf dir nicht mehr dazu sagen. Dein menschlicher Verstand würde es nicht verkraften, deshalb musst du dich selbst erinnern.«

»Du machst mir langsam Angst.« Sie befreite sich aus seinem Griff und wich zurück. Greg aber blieb sitzen und sah sie lediglich an.

»Das ist nicht meine Absicht. Ich bin hier, weil ich mich nach dir sehne. Wieder und wieder.«

Seine Worte berührten sie. Aber genau darin lag die Gefahr.

Das ist nicht real. Das findet alles nur in meinem Kopf statt, erinnerte sich Stella.

»Gib mir die Chance, es dir zu erklären. Dann wirst du alles verstehen.«

Aber Stella hörte seine Stimme nur noch aus weiter Ferne und tauchte ab in ihre Erinnerungen …

»Du musst etwas essen.«

»Willst du nicht rausgehen, es ist so schönes Wetter?«

»Tina hat dich angerufen. Sie fragt, ob du mit ins Kino kommen möchtest.«

»Wir machen morgen einen Ausflug nach New Jersey zu Tante Hilda. Komm doch mit. Die frische Luft wird dir guttun.«

Stella hörte nur halb hin, was ihre Mutter sagte, die alles versuchte, um sie zu motivieren. »Ich habe keine Lust.« Mehr sagte Stella nicht.

Sie wartete. Auf ihn.

Seine Liebe gab ihr das Gefühl, am Leben zu sein. Nichts auf der Welt vermochte sie in diesen Rauschzustand zu versetzen, ohne dass sie dafür irgendeine Art von Halluzinogenen benötigte. Nichts, außer seinen sinnlichen Küssen.

Es war Sommer. Die Ferien hatten gerade erst begonnen, sie hatte die High School abgeschlossen und überlegte, aufs College zu gehen. Aber sie hatte keine Zeit, sich zu bewerben. Sie musste warten. Auf ihn.

Wenn er zu ihr kam, wurde die Welt bunt und fröhlich. »Ich wünschte, du wärest real«, flüsterte sie ihm stets ins Ohr. »Vielleicht bin ich das auch?«

Stella hatte mit ihrer Freundin Tina einen Historienfilm im Kino gesehen. Eigentlich konnte sie sich für derartige Themen nicht sonderlich begeistern. Aber dieser Film hatte eine stille Sehnsucht in ihr geweckt. Die rauschenden Feste, die pompösen Gewänder, Männer, die noch Gentlemen waren. Sie war fasziniert von deren Anmut gewesen. Und einige Nächte später war er zu ihr gekommen. Ein Edelmann aus einer anderen Zeit.

»Ich weiß, Ihr habt tiefe Sehnsüchte, aber niemanden, mit dem Ihr sie ausleben könnt«, hatte er gesagt. Er hatte sie von Anfang an durchschaut. In ihr gelesen wie in einem offenen Buch. Fast war es unheimlich gewesen.

»Ich kann Euch helfen, diese Sehnsüchte auszuleben.« Und das hatte er getan. Nacht für Nacht war er zu ihr gekommen. Hatte sie eingeführt in die Kunst der Liebe. Stella hatte sich selbst völlig neu erfahren. Ihren Körper, ihre erogenen Stellen. Er gab ihr das Gefühl, begehrenswert zu sein. Ihm etwas zu bedeuten. Jedoch auf eine Art, die nur zwischen Liebenden entstehen konnte.

Anfänglich hatte sie das Spiel genossen, doch schon bald war es zu einer Obsession geworden. Sie sehnte die Nächte herbei, um ihn wiederzusehen. Die Tage ließ sie tatenlos verstreichen.

Ihre Eltern machten sich zusehends mehr Sorgen, überlegten sogar, einen Arzt zu konsultieren, was Stella ihnen gerade noch unter der Prämisse ausreden konnte, sich wenigstens einmal die Woche mit Tina zu treffen.

Tina hatte große Pläne. Die Zusage eines renommierten Colleges hatte sie schon seit Wochen in der Tasche. Sie war ehrgeizig. Aber sie hatte auch keinen Gregoire, der ihr die süßesten Dinge ins Ohr flüsterte.

Mit Stella waren alle überfordert. Sie ließ die regelmäßigen Treffen mit Tina wieder einschlafen, die Ferien waren bald rum, und ihr Zustand wurde eher schlechter als besser. Sie hatte zu nichts mehr Lust, wollte immer nur schlafen. Schließlich machte ihre Mutter Ernst und schleppte einen Doktor an, der sie gründlich untersuchte, aber zumindest nichts Körperliches feststellen konnte. Wie hätte er auch? Sie war nicht krank. Sie war verliebt. Und verging fast vor Sehnsucht.

»Wenn du doch nur echt wärst.«

»Wer sagt dir, dass ich es nicht bin?«

»Du lässt mich allein, nachdem du mich geliebt hast.«

»Ich werde dich niemals allein lassen.« Das war eine Lüge gewesen. Eines Nachts kam Gregoire nicht mehr.

Für Stella war es ein Weltuntergang. Am nächsten Tag war sie derart übel gelaunt, dass ihre Mutter sie nicht mal ansprechen durfte. Und es sollte noch schlimmer kommen. Gregoire kam auch in der folgenden Nacht nicht zu Besuch. Und in der darauffolgenden ebenfalls nicht.

In Stella wuchs die Angst, er könne sie vergessen haben und nie mehr wiederkommen. In der Tat sah es ganz danach aus. Das Glück war ihr entrissen worden, und sie wurde immer depressiver. Sie verließ das Bett nicht mehr, starrte lustlos an die Decke.

Erneut kam der Arzt. Er machte sich große Sorgen. »Vielleicht sollten Sie das Mädchen ins Krankenhaus bringen. Dort gibt es bessere Untersuchungsmöglichkeiten.« Stella würde seine sorgenvolle Miene, als er ihr Zimmer wieder verließ, niemals vergessen.

Die Mutter setzte sich an ihr Bett, nahm ihre Hand und erschrak, weil sie eiskalt war. Stella spürte diese Kälte nicht nur in den Händen, sie war überall, fraß sie auf.

»Ich weiß nicht mehr, wie ich dir noch helfen kann, Liebling. Sag mir doch, was dir fehlt.«

Er fehlte ihr. Aber das konnte sie ihrer Mutter nicht erklären. Sie würde Stella für verrückt halten. Vielleicht war sie das ja sogar.

»Wir fahren nach New Jersey«, entschied ihr Vater am nächsten Tag. Stella wollte nicht das Haus, nicht einmal ihr Bett verlassen. Aber Vater ließ nicht mit sich diskutieren. »Du ziehst dich jetzt an. Wir fahren in zwanzig Minuten los.« Sein Ton war so scharf wie nie zuvor gewesen, und Stella erkannte, dass er es nicht nur ernst meinte, sondern auch keinen Widerspruch duldete! Also fügte sie sich widerwillig.

Sie fuhren los, zu Tante Hilda, die Kuchen gebacken hatte. »Probier mal, der schmeckt köstlich«, munterte sie Stella auf, und diese nahm tatsächlich einen kleinen Bissen. Ja, er schmeckte. Wunderbar süß. Stella konnte sich nicht erinnern, wann sie das letzte Mal etwas so Köstliches gegessen hatte.

Das Wunder geschah. Sie blühte bei Tante Hilda auf. Zwei Wochen blieb sie bei ihr. Tante Hilda hatte einen kleinen Garten, in dem Stella ihr half, Blumen zu pflanzen. Den ganzen Tag über schien die Sonne, es war herrlich warm. Wie im Urlaub. Nach und nach verschwanden die dunklen Gedanken und auch der Kummer. Und als die Eltern sie wieder abholten, weinte ihre Mutter vor Glück. »Du siehst gesund und frisch aus«, freute sie sich und strich über Stellas Wange.

Stella verdankte ihren Eltern und Tante Hilda sehr viel. Sie hatten sie trotz ihrer ständigen Abweisungen nicht aufgegeben. Und der Weg zurück in die Normalität war alles andere als leicht gewesen. Stella war sich dessen gänzlich bewusst. Diese Art von Liebeskummer war zerstörerisch gewesen.

Und jetzt war Gregoire wieder da, lockte sie mit genau denselben Worten wie damals. Konnte sie ihm noch vertrauen?

»Bitte geh«, sagte sie ernst.

»Was?«

»Ich kann das nicht noch einmal durchstehen.«

»Wovon redest du, Stella?«

»Du ahnst nicht, was damals mit mir los war. Ich muss die Notbremse ziehen.«

»Du verstehst nicht, was ich dir sagen will, ich …«

»Ich verstehe sehr wohl«, wurde sie lauter. All die Wut kam auf einmal in ihr hoch. Die Wut auf sich selbst, auf ihre Situation, vor allem aber auf ihn! Er hatte sie fast zerstört. Und dessen war er sich nicht einmal annährend bewusst. Wie sollte er auch? Er war nicht real!

»Verschwinde! Lass mich bitte, bitte in Ruhe!«

Entsetzen trat in seine Augen. Ihr tat es in der Seele weh, sie war versucht, ihre Worte zurückzunehmen. Denn eigentlich wollte sie ihn auch. Aber sie musste jetzt an sich denken, an ihre Gesundheit.

»Das meinst du nicht ernst.« Seine Stimme zitterte.

»Doch.« Sie wandte sich ab, legte sich in ihr Bett und hoffte, dass sie bald aufwachte. Als sie kurz darauf aufblickte, war Gregoire tatsächlich verschwunden, und ein Gefühl von Einsamkeit überkam sie. Hätte sie ihn nicht wegschicken sollen? Stella schloss die Augen, weinte leise, dann wurde es dunkel um sie.

*

»Na, Püppchen, solltest du nicht längst im Bett liegen?«

Jennifer Heady drehte sich erschrocken um. Ein Fremder stand im Stall, die Beine breit auseinander, Sporen an den Stiefeln, den Hut tief ins Gesicht gezogen. In der Rechten hielt er eine Knarre, die auf sie gerichtet war.

»Was wollen Sie von mir?«, fragte Jennifer erschrocken und wich zurück. Ihre Stute, die sie gerade in die Box zurückgebracht hatte, schnaubte nervös.

Der Mann kam näher. Jetzt erkannte sie auch, dass er ein Tuch über die untere Hälfte seines Gesichts gezogen hatte. Es sah nach einem Überfall aus. Aber sie hatte kein Geld! Bei ihr gab es nichts zu holen.

»Es wäre klüger, Sie würden Ihre Knarre wegstecken und verschwinden.«

»Ach ja? Warum denn das, Püppchen?«

»Mein Vater ist der Sheriff von Newton City.«

»Was du nicht sagst. Der neue Sheriff ist dein Daddy?«

Sie nickte entschlossen. Hoffentlich machte diese Nachricht Eindruck auf den Ganoven, der sich doch gewiss nicht mit dem Gesetz anlegen wollte. Leider lachte er nur dreckig und spuckte ins Heu. Widerlich.

»Das ist die Wahrheit. Der Sheriff ist mein Vater«, beharrte sie.

»Aber, Schätzchen, das weiß ich doch längst. Deswegen bin ich hier.«

»Ich … ich verstehe nicht.«

»Die Rechnung ist ganz einfach.« Jetzt stand er so dicht vor ihr, dass sie seinen fauligen Atem riechen konnte, selbst durch das Tuch hindurch. Das kalte Eisen seiner Knarre glitt über ihre Wange.

»Der Sheriff geht meinen Jungs und mir auf den Sack. Der mischt sich in unsere Geschäfte ein. Das mögen wir gar nicht. Aber wenn wir dich in unserer Gewalt haben, was meinst du, wie dein Daddy dann nach unserer Pfeife tanzt?«

Jennifer schwindelte. Das also war seine Absicht. Aber

nicht mit ihr! Er glaubte, sie sei ein hilfloses Ding, das sich nicht zu wehren wusste? Da hatte er sich aber geschnitten. Ihr Vater hatte sie wie einen Jungen erzogen, weil er sich insgeheim immer einen Sohn gewünscht hatte. Und wie ein Junge konnte Jennifer austeilen, wenn es sein musste.

Dieser Mann hatte sich jedenfalls das falsche Entführungsopfer ausgesucht! Jennifer nahm all ihren Mut zusammen, rammte dem Mistkerl in einem Zug ihren Ellbogen in die Brust und duckte sich unter seinem Arm durch zum Ausgang, wo plötzlich ein zweiter Mann auftauchte, der nicht lange fackelte und ihr eine schallende Ohrfeige verpasste, die so heftig war, dass sie zu Boden fiel.

»Miststück!«, fauchte der Anführer noch immer schnaufend und trat ihr in den Bauch. Für einen quälend langen Augenblick bekam Jennifer keine Luft mehr. Dann trieb der aufkeimende Schmerz sie an den Rand einer Ohnmacht.

Eine Hand krallte sich in ihre Haare, zog sie hoch. »Pass nur auf, sonst schicken wir deinem Papi ein hübsches Päckchen mit deinem Kopf.«

Jennifer hatte keinen Zweifel daran, dass diese Kerle es ernst meinten. Es war wohl in ihrer Situation besser zu kooperieren.

»Los, nimm das Seil, fessle ihr die Hände auf den Rücken, und dann stopf sie in den Sack hier.« Er deutete auf den riesigen Beutel mit dem Hafer. »Wir wollen doch nicht, dass uns jemand mit der Kleinen sieht.«

Der zweite Kerl zögerte nicht lange, griff nach ihren Händen, als plötzlich ein Schuss fiel. Jennifer schrie auf. Im ersten Moment wusste sie nicht, wer geschossen hatte – und auf wen. Ob sie getroffen war oder nicht. Aber da sank der Mann mit dem Seil plötzlich neben ihr auf die Knie und kippte der Länge nach um.

Irritiert schaute sie zum Boss, aber der wirkte nicht minder verwirrt, weil er seine Waffe nicht benutzt hatte.

»Ich schlage vor, du nimmst dir deinen Kumpel über die Schulter und suchst das Weite«, erklang plötzlich eine körperlose Stimme, die zweifelsohne einem Mann gehörte. Jennifer blickte sich nach allen Seiten um, konnte den Fremden aber nirgends entdecken.

»Wer bist du? Zeig dich!«, forderte der Boss.

Hinter einem Heuballen trat plötzlich eine schillernde Gestalt hervor. Ein Mann im hellen Mantel, mit passendem Hut, einen Colt in der Hand. Auch seine Stiefel glänzten. Es war ein derart unerwarteter und ungewöhnlicher Anblick, dass der Ganovenboss lauthals loslachte.

»Was bist du denn für einer?«

»Steck deine Knarre weg, dann tu ich dir nicht weh.«

»Was du nicht sagst. Da bin ich wohl gut beraten, wenn ich das mache, wie?«

»Wenn du nicht wie dein Kumpel enden willst.«

Jennifer sah zu dem Getroffenen und stellte mit einiger Erleichterung fest, dass er leise stöhnte. Die Kugel hatte ihn nicht tödlich verwundet. Allem Anschein nach steckte sie nur in seiner Schulter.

»Pass mal auf, Hübscher, ich mag es nicht, wenn sich Leute in meine Geschäfte einmischen. Das habe ich grade auch der Kleinen hier erklärt. Also mache ich dir einen Vorschlag. Verzieh dich, und ich vergesse die Sache vielleicht.«

»Klingt ja nach einem guten Angebot. Das sollte man sich durch den Kopf gehen lassen.« Ihr Retter machte doch hoffentlich jetzt keinen Rückzieher.

»Sag ich ja.«

»Aber ich habe noch eine bessere Idee.«

»Welche?«

»Tanz!«

Jetzt ging alles plötzlich sehr schnell. Ein zweiter Schuss fiel. Der Boss schrie auf, hielt sich die Hand. Seine Knarre flog quer durch den Stall, landete irgendwo im Heu.

»Scheiße!«, brüllte der.

»Tanz, hab ich gesagt!« Der Fremde feuerte ihm zwischen die Füße, und notgedrungen hüpfte er hin und her, um den Kugeln auszuweichen. Jennifer konnte sich das Lachen nicht verkneifen. Es sah zu komisch aus.

»Genug jetzt! Genug!«, flehte der Boss. Doch ihr fremder Retter hatte offenbar vorgesorgt. Nachdem die Trommel leer war, zog er einfach einen zweiten Colt aus seinem Gurt und feuerte mit diesem ab.

»Bitte, hör schon auf.«

»Also schön.« Der Fremde hielt inne, nickte dann zum Ausgang des Stalls. »Nimm deinen Freund und verschwinde.«

»Ja, ich mach ja schon. Nur die Ruhe.« Mit großer Anstrengung warf er sich seinen ohnmächtigen Kumpel über die Schulter und stolperte hinaus. Jennifer lachte immer noch. Sie hätte nicht gedacht, dass sie ungeschoren aus der Sache rauskommen würde. Wer war nur dieser Mann in der auffällig sauberen Gewandung?

»Ich danke Ihnen«, sagte sie und wandte sich ihm zu. Da

lächelte er, und mit einem Mal schlug ihr Herz schneller. Etwas war plötzlich zwischen ihnen. Etwas, was sie nicht mit Worten ausdrücken konnte. Ein Gefühl. Eine Sehnsucht.

»Ich konnte nicht zulassen, dass dieser Dreckskerl Euch etwas antut«, sagte der Fremde mit der samtigsten Stimme, die sie je gehört hatte. Unwillkürlich kringelten sich die Härchen in ihrem Nacken, weil der wundervolle Klang dieser Stimme ihr durch Mark und Bein ging. Sie war ihr vertraut. Jennifer war sich plötzlich ganz sicher, sie schon einmal gehört zu haben. Nur wann und wo? Und weshalb sprach er so merkwürdig?

»Ich möchte Ihnen danken«, sagte sie leise, und ihre Kehle fühlte sich trocken an. So trocken, dass ihr das Schlucken schwerfiel.

»Das müsst Ihr nicht. Die Tatsache, dass es Euch gutgeht, ist mir Dank genug.«

Er wandte sich ab, wollte gehen, aber sie hielt ihn am Arm zurück, berührte dabei seine Hand. Sie fühlte sich zart an. Dieser Mann hatte noch nie hart gearbeitet. Und auch die Kleidung deutete darauf hin, dass er aus guten Verhältnissen stammte, wo andere für ihn arbeiteten. Ihm zu Diensten standen.

»Können Sie ... nicht noch ein wenig bleiben?«

Jennifer verspürte den unwiderstehlichen Drang, ihm nahe zu sein. Sie fragte sich, wie er unter diesem Mantel aussah. Ob er Haare auf der Brust hatte? Wie sich seine Haut anfühlte? Genauso weich wie seine Hände?

Und sie fragte sich, wie wohl seine Lippen schmeckten. Solche Gedanken waren ihr nie zuvor gekommen. Sie war gewiss kein Kind von Traurigkeit. Die eine oder andere Schwärmerei hatte sie schon hinter sich und gewiss auch genügend Erfahrung, um einem Mann wie diesem zu gefallen. Nie aber hatte sie wirkliches Verlangen verspürt. Bis auf jetzt. Und das irritierte sie nur noch mehr.

»Ich kann nicht bleiben. Ich bin in Eile«, sagte er und blickte aus dem Scheunentor.

Es war dunkel geworden. Ihr Vater machte sich gewiss schon Sorgen. Es wäre klüger, jetzt nach Hause zu gehen. Bevor sie noch einen Fehler machte. Aber an diesem Abend war Jennifer mehr als bereit, Fehler zu begehen.

»Und wenn ich Ihnen meinen Dank auf eine besondere Weise zeigen würde?« Sie nahm seine Hand, legte sie auf ihre Brüste, so dass er spüren konnte, wie sie sich bei jedem Atemzug hoben und senkten. Sich gegen seine Hand pressten. Der Fremde wollte sich ihr entziehen, sie sah die Zerrissenheit in seinem Blick, doch ihre Reize betörten ihn offenbar, denn tatsächlich ließ er seine Hand nun auf ihrem Dekolleté liegen.

»Es ist ein Fehler«, sagte er, und plötzlich ahnte sie, dass er vor etwas oder jemandem auf der Flucht war. Sie spürte eine ferne Gefahr. Aber sie konnte nicht sagen, was es war. In jedem Fall war sie sich sicher, dass er nicht mit dem Gesetz in Konflikt geraten war. Er war keiner dieser üblen Kerle wie die Männer von vorhin.

Woher hatte der Fremde überhaupt gewusst, dass sie in Gefahr schwebte? Er war wie aus dem Nichts aufgetaucht, um sie zu beschützen. Als hätte er ihre Not gespürt. Ja, da war etwas, was sie miteinander verband.

»Verraten Sie mir Ihren Namen?«, bat sie.

Er zögerte, nickte dann aber. »Gregoire.«

Gregoire. Dieser Name war ihr vertraut, wenngleich sie ihn nicht zuordnen konnte. »Ich bin Jennifer Heady.«

»Ich weiß.«

Er kam näher, presste seine Stirn an ihre, sein Atem ging schneller, wurde lauter. »Ich habe nicht viel Zeit. Aber ich kann jetzt auch nicht gehen.«

»Vor wem sind Sie auf der Flucht?«

Er lachte leise. »Macht Euch keine Gedanken um mich. Ich bin schlauer als sie.«

»Sie?«

Jennifer hörte das nur ungern. Wer war sie? In welchem Verhältnis stand sie zu Gregoire?

Der hob ihr Kinn sanft an, so dass sie ihn ansehen musste. Dann senkte er den Kopf, und seine Lippen umschlossen die ihren. Sie kostete von seinem männlichen Geschmack, der ihr förmlich auf der Zunge zerging. Moschus. Aber noch etwas anderes. Etwas, was sie an Schwefel erinnerte.

»Ich habe dich so vermisst«, hauchte er.

Sie lachte. »Wie kannst du mich vermissen, wenn wir uns gerade erst kennengelernt haben?«

»Es ist anders, als du denkst. Die Welt funktioniert nicht auf diese Weise. Aber jetzt bin ich hier, und wir sind wieder zusammen.«

Er bettete sie im Heu, knöpfte ihr Hemd auf und bedeckte ihre Brüste mit zärtlichen Küssen. Ein Schauer jagte durch ihren Körper. Feuchte Lippen umschlossen ihre Knospen, saugten an ihnen, bis sie prickelten. Doch nicht nur in den Spitzen ihrer Brüste erwachten leidenschaftliche Gefühle.

Auch in ihrer Mitte kribbelte es ohne Unterlass. So heftig, dass sie rasch ihre Hose auszog und eine Hand in ihr Unterhöschen schob, um ihre Scham zu kraulen, sie ein wenig zu beruhigen.

Derweil hatte auch Gregoire seine Hose abgestreift, und sein mächtiges Glied kam zum Vorschein. Es pulsierte heftig, die Eichel glühte rot, und ein Tropfen süßer Vorfreude perlte daraus hervor.

Rasch zog er ihr das Höschen herunter. Es zerriss. Dann schob er ihr die Beine auseinander und richtete seinen Schwanz auf ihre Pforte. Jennifer konnte es nicht erwarten, dass er endlich in ihr war, sie leidenschaftlich nahm. Ihr Körper ersehnte nichts mehr, als seine Männlichkeit zu spüren. Und zum Glück ließ Gregoire sie nicht länger warten. Erst vorsichtig, dann umso entschlossener drang er in sie, bis er sie ganz ausfüllte.

Es brauchte einen Moment, ehe sie sich auf seine Größe eingestellt hatte. Und dann kam ihr eine viel bessere Idee.

»Bist du ein Cowboy, Gregoire?«

»Ich … denke schon.«

»Ich meine ein richtiger Cowboy.« Sie schmunzelte. Dieser Mann war keiner der Siedler. Sie wusste nicht, woher er kam oder warum er ihr so vertraut erschien, aber in einer Hinsicht war sie sicher, er war kein Cowboy, wenngleich er versuchte, wie einer auszusehen. Er gab keine Antwort auf ihre Frage.

»Wie ich es mir dachte«, sagte sie triumphierend. Vor Lust schoss das Adrenalin ohne Unterlass durch ihren Körper. »Überlass mir die Zügel«, forderte sie und grinste, rollte sich mit ihm herum, bis er unter ihr lag.

»Ich bin gut im Reiten«, erklärte sie und fing an, sich auf ihm zu bewegen, auf und nieder. Sie genoss es, ihn unter sich zu haben, das Erstaunen und die wachsende Lust in seinen Augen zu sehen.

Schneller, immer schneller ritt sie, gab ihn frei, um ihn dann wieder aufzunehmen. Gregoire schob ihr seine Lenden gierig entgegen, und jeder seiner Stöße versetzte sie in ein Hochgefühl. Und schließlich spürte sie ein verräterisches Zucken in ihrem Inneren. War es seine Rute, die mächtig pulsierte, oder war sie es selbst?

Sie konnte es nicht genau bestimmen. Doch im nächsten Augenblick kam es ihr und ihm gleichzeitig. Gregoire stöhnte auf, schloss die Augen und krallte sich in ihren Rücken fest. Der süße Schmerz trieb sie an. Jennifer erlebte eine Explosion, eine solch gewaltige Erschütterung, dass ihr regelrecht schwindelte. Ihr Herz raste, sie bekam kaum Luft. Aber dann spürte sie endlich das süße Beben, die Erlösung, nach der sie sich so sehr gesehnt hatte.

Erschöpft sank sie auf ihn nieder. Auch sein Herz schlug schnell. Seine Hand fuhr ihr durch das Haar, streichelte zärtlich ihre Wange. Und als sie ihm in die Augen sah, wusste sie, dass sie sich schon viel länger kannten. Viele, viele Jahre. Aber sie sah auch noch etwas anderes. Sorge. Vielleicht sogar Furcht?

»Kann ich dir helfen?«, fragte sie besorgt. Wer immer ihn auch jagte, musste gefährlich sein, wenn sie Furcht in den Augen eines solch stolzen Mannes sah.

Er lächelte. Doch es war ein trauriges, resignierendes Lächeln. »Ich bin verflucht, Jennifer. Du kannst mir nicht helfen. Niemand kann das.«

»Verflucht? Was bedeutet das?«

»Dass es mir nicht vergönnt ist, bei derjenigen zu sein, die ich liebe.«

Sprach er von der anderen Frau? Die, die ihn offenbar jagte?

»Ich muss gehen, Jennifer. Tut mir leid. Sie darf niemals erfahren, dass ich hier war.«

Sie stieg von ihm herunter. Im Nu hatte er seine Hose wieder an, schritt zum Stalltor. »Leb wohl«, sagte er.

Das war es also gewesen? Sie fühlte sich plötzlich unendlich dumm. »War das nur ein Trick, um mich schnell rumzukriegen?«

»Nein.« Er schüttelte den Kopf. Aber sie war sich nicht sicher, ob er die Wahrheit sagte. Und dann war er verschwunden. Sie rannte aus dem Stall, blickte die Straße hinunter, konnte ihn aber nirgends mehr sehen. Als hätte er sich in Luft aufgelöst …

Schweißgebadet schreckte Stella aus ihrem Traum hoch. Es hatte sich so echt angefühlt. Verdammt echt. Ihre Hände zitterten sogar. Ein Blick auf den Wecker verriet ihr, dass es zu früh war, um aufzustehen, aber noch mal einschlafen lohnte sich auch nicht mehr. Sie legte sich wieder hin, schloss die Augen und versuchte diese verstörenden Bilder aus ihrem Kopf zu bekommen. War sie Jennifer? Im Traum hatte sie jedenfalls in Jennifers Körper gesteckt. Gregoire hatte sie gerettet. Und er hatte behauptet, verflucht zu sein. Die Sache wurde ihr immer unheimlicher. Sie musste endlich damit abschließen, sonst machte sie sich nur noch mehr verrückt. Keine Gedanken mehr an Gregoire! Lizzy hatte recht, sie brauchte einen Mann aus Fleisch und Blut. Vielleicht sogar einen Mann wie Dustin.

*

Lizzy Anderson lag zur selben Zeit in ihrem Bett und malte sich aus, wie ein starker Highlander sie überwältigte und leidenschaftlich nahm. Sie musste nur leise sein, damit Jack nicht aufwachte. Natürlich hatte der am Abend zuvor keinerlei Interesse an ihr bekundet. Er hatte nur seine Lieblingsserie sehen wollen, und Lizzy war früh zu Bett gegangen. Sie war schnell eingeschlafen und nun vor gut einer Viertelstunde zu früh aufgewacht. Aber sie wusste sich die Zeit zu vertreiben.

Sacht rieb sie an ihrer Scham. Eigentlich zu langsam für ihren Geschmack, doch sie fürchtete, dass Jack wach würde, wenn sie mehr Druck ausübte, vielleicht sogar dabei stöhnte. Es wäre ihr äußerst unangenehm, wenn er sie dabei erwischte. Aber auf diese Weise würde sie auch nicht zum Höhepunkt gelangen. Eine Zwickmühle.

Lizzy blickte auf die Leuchtziffern des Weckers. Dieser würde erst in gut einer Stunde klingeln. Aber es machte nichts, wenn sie diesmal etwas früher aufstand. Der Druck zwischen ihren Beinen war inzwischen so groß, dass sie es kaum noch aushielt. Also stieg sie aus dem Bett, schlich sich leise aus dem Schlafzimmer ins Bad und stellte die Dusche an.

Das heiße Wasser förderte die Durchblutung und erlaubte es ihr, unter Handeinsatz schnell zu kommen. In ihrer Phantasie stand sie mit ihrem Highlander unter einem

Wasserfall. Lizzy seufzte wohlig, ging in diesem Szenario völlig auf und kam sogar noch ein zweites Mal.

Danach stellte sie die Dusche wieder ab, stieg aus der Kabine und schlüpfte in ihren Morgenmantel, als sie merkte, dass sie ihre Kleider im Schlafzimmer vergessen hatte. Wie ärgerlich. Sie wollte eigentlich gar nicht noch mal reingehen, weil sie fürchtete, Jack sonst aufzuwecken. Aber es blieb ihr wohl keine andere Wahl.

So schlich sie leise wieder ins Zimmer, griff nach ihren ordentlich zusammengelegten Sachen, die auf einem Hocker lagen, als plötzlich das Schranklicht anging und Jack sie anblickte, die Arme vor der nackten Brust verschränkt. Lizzy hatte gar nicht gewusst, dass er heute nackt geschlafen hatte. Das war schon eine nette Überraschung. Zumal es einige Zeit her war, dass sie ihn so gesehen hatte. Die breiten Schultern und das deutlich sichtbare Sixpack machten Eindruck.

»Tut mir sehr leid, ich wollte dich nicht wecken.«

»Was ist mit dir los, Lizzy?«

Die Frage irritierte sie. »Was soll denn mit mir los sein? Alles ist bestens.« Sie war guter Laune, besonders nach diesem aufregenden Duscherlebnis. Und diesem wunderschönen Anblick am Morgen.

»Glaubst du, ich merke nicht, was hier vor sich geht?«

Er verunsicherte sie nur noch mehr. »Was … geht denn hier vor sich?« Ein Papagei hätte Jack nicht besser imitieren können.

Jack schüttelte sichtlich amüsiert den Kopf. »Du besorgst es dir nachts selber und jetzt auch noch unter der Dusche?«

Woher wusste er das denn? Sie war doch so vorsichtig

gewesen. Ihre Wangen fingen unwillkürlich an zu glühen. Zum Glück konnte er das aber nicht sehen, dafür war das Schranklicht nicht hell genug.

»Ich … weiß ehrlich gesagt nicht, was ich jetzt sagen soll.« Sie konnte es ja schlecht leugnen. Noch dazu befriedigte sie lediglich ihre Bedürfnisse, weil er sich dazu nicht mehr in der Lage sah.

»Vielleicht nennst du mir den Grund, weshalb du es tust?« Das klang fast vorwurfsvoll. Sie musste sich doch nicht rechtfertigen. Sie hatte schließlich nicht mit einem anderen geschlafen, sondern lediglich ihre Hand benutzt.

»Ich müsste gar nicht zu solchen Mitteln greifen, wenn du mir mehr Aufmerksamkeit schenken würdest.«

»Du fühlst dich vernachlässigt?«

War diese Frage etwa ernst gemeint? »Ja«, sagte sie. »Zwischen uns herrscht Ebbe. Und das nicht erst seit gestern.«

»Ich weiß. Mir war nicht klar, dass dich das stört. Es tut mir leid.«

Das erstaunte sie. Lizzy zuckte mit den Schultern. »Und was machen wir jetzt?« Vielleicht war es gar nicht schlecht, über diese Sache zu reden. Vielleicht gab es ja einen guten Grund für seine Unlust.

»Ich würde dich gern mal fesseln. Beim Sex«, sagte er plötzlich frei heraus und schockierte Lizzy mit seiner Ehrlichkeit. Die Idee an sich fand sie jedoch alles andere als anrüchig. Im Gegenteil, die Vorstellung war sogar sehr aufregend. Sie hätte nur nicht gedacht, dass Jack überhaupt solche Phantasien hatte.

»Ich habe mich nicht getraut, dich zu fragen«, gab er zu.

»Hatte Angst, du würdest es ablehnen. Mich vielleicht sogar für seltsam halten.«

Allmählich verstand sie. Der traditionelle Sex weckte nicht dieselben Gefühle in ihm wie etwas ungewöhnlichere Varianten. Hätte er das doch nur gleich gesagt.

»Ich bin sehr aufgeschlossen, das weißt du doch.«

»Aber das ist dennoch ein heikles Thema.«

»Wir sollten einander vertrauen, ganz ehrlich und offen über unsere Wünsche sprechen.«

»Na schön, das habe ich ja nun getan. Also, was sagst du zu … meinen Vorlieben?«

Lizzy lachte leise. »Ich bin nicht abgeneigt.«

Ein Grinsen lief über sein Gesicht. Dann öffnete er die Schublade seines Nachtschranks und holte etwas Silbernes hervor. Handschellen. Wann hatte er die denn gekauft?

»Wie wäre es, wenn wir es gleich jetzt ausprobieren?«

Lizzy traute ihren Ohren kaum. Jack war mit einem Mal wie ausgewechselt. Aber das gefiel ihr. Sie mochte den neuen Jack.

Langsam öffnete sie den Bademantel, ließ ihn an ihrem Körper herabgleiten und stieg zu Jack ins Bett.

»Aber vorher musst du mir noch verraten, woher du dieses Schmuckstück hast.«

»Die Handschellen sind alt. Ich habe sie lange nicht gebraucht.«

»Das heißt, du hast Erfahrung mit solchen Spielen?«, fragte sie erstaunt.

Er lachte leise. »Nur ein wenig. Aber das war lange vor deiner Zeit.« Beruhigend, dies zu wissen. Eine von Lizzys größten Ängsten war es gewesen, dass Jack womöglich eine andere hatte und deswegen keine Lust mehr auf sie verspürte. Offensichtlich war dies aber nicht der Fall.

»Nimm die Arme hoch«, bat er zärtlich, und sie folgte seiner Bitte. Dann spürte sie, wie sich etwas Kühles um ihre Handgelenke legte. Es machte klick. Die erste Handschelle hatte sich geschlossen. Es war ein merkwürdiges, aber auch sehr aufregendes Gefühl. Es klickte ein zweites Mal.

Lizzy blickte zu ihren gefesselten Händen hoch. Geschickt hatte Jack die Handschellen um den mittleren Bettpfosten angebracht, so dass sich Lizzy selbst dann nicht befreien konnte, wenn sie es wollte. Ein wenig verunsicherte sie das schon. Zugleich erregte es sie aber auch, ihm gänzlich ausgeliefert zu sein.

Jack blickte gierig auf sie herunter, und ein Schauer lief durch ihren Körper. Es war unendlich lange her, seit er sie zuletzt auf diese Weise angesehen hatte. Sie hatte schon gänzlich vergessen gehabt, wie es sich anfühlte, begehrt zu werden. In seinem Blick sah sie Sehnsucht, vor allem aber Verlangen. Und Lust. Sehr starke Lust.

Zwischen ihren Beinen begann es heftig zu prickeln. Sie spreizte diese ein wenig, lud ihn ein. Jack aber legte seine Hand um sein Glied und fing an, daran zu reiben. Vor und zurück schob er die Vorhaut, und jedes Mal, wenn sie zurückglitt, konnte Lizzy seine rot glühende Eichel sehen. Wie gern wollte sie ihn dort küssen.

»Du siehst wundervoll aus«, erklärte er und beugte sich schließlich über sie, platzierte ein Bein rechts neben ihrer Schulter, das andere links, so dass er fast auf ihr thronte. Jedoch setzte er sich nicht wirklich auf sie, sondern schwebte über ihr, so dass er problemlos seinen Schwanz positionieren konnte.

Hitze wallte in ihr auf, als ihr klarwurde, was Jack vorhatte. Das war verrucht! Aber auch verdammt sexy. Sanft drückte seine Eichel gegen ihre Lippen. Bereitwillig ließ sie ihn ein. Sein Schwanz rieb über ihre Zunge, bewegte sich vor und zurück, während Lizzy spürte, wie es stark in ihm pulsierte. Das machte sie an.

Schneller, immer schneller stieß er in sie. Lizzy wünschte, sie hätte ihre Hände benutzen können, um sich selbst zu streicheln, während er sich von ihr oral befriedigen ließ. Den Kick gab es ihm wohl, dass sie ihm ausgeliefert war. Doch nicht nur Jack gefiel das. Auch Lizzy fand dieses kleine Detail mehr als reizvoll. Entsprechend prickelte es in ihrem Unterleib. So stark, bis ihre Scham fast brannte. Sie wollte es ihm sagen, aber Jack schüttelte den Kopf und machte weiter.

»Ich kümmere mich auch um dich, versprochen«, sagte er.

Lizzy war damit einverstanden. Sie hatte lange genug darauf gewartet, dass er sich wieder sexuell für sie interessierte. Jetzt konnte sie auch noch etwas länger ausharren. Die Erlösung war nah. Fast schon spürbar. Und dies ein aufregendes Vorspiel.

Das Pulsieren in ihrem Mund wurde stärker, verwandelte sich in ein Zucken. Gleich würde er abspritzen. In ihren Mund! Der Gedanke machte sie verrückt. Sie stöhnte vor Wollust, und in ihr Stöhnen mischten sich auch die Laute seiner Lust. Ein tiefes, männliches Grollen, das von Verlangen und Leidenschaft zeugte. Leidenschaft, die er sie spüren ließ, indem er in sie pumpte. Lizzy erschrak, denn sein Geschenk war reichlicher als erwartet.

Langsam zog er sich aus ihr zurück, betrachtete ihr Gesicht, das gewiss rot glühte, weil es trotz aller Freude auch ein wenig anstrengend gewesen war, ihm auf diese Weise zu dienen.

»Jetzt bin ich an der Reihe«, forderte sie, weil ihre Begierde erwacht war. Sie brauchte ihren Highlander nicht mehr. Jack war zurück.

Das gierige Funkeln in seinen Augen war nicht verglüht, kam ihr sogar stärker vor. Er stieg von ihr herunter, um sich dann zwischen ihre geöffneten Schenkel zu legen.

Lizzys Körper spannte sich in Vorfreude an. Sie erwartete sogleich, seine Lippen an ihrer Scham zu spüren. Er hatte schon immer eine flinke Zunge gehabt und wusste sehr genau, wie er sie einsetzen musste. Aber das ersehnte Lecken blieb aus, stattdessen legte er ihre Perle mit einer Hand frei, so dass sie ungeschützt war. Dann spürte sie seinen heißen Atem genau an ihrer empfindsamsten Stelle.

Lizzy erschrak derart, dass sie sogar leicht zusammenzuckte. Ein amüsiertes Lachen erklang. Dann spitzte Jack abermals die Lippen, und sein heißer Atem stimulierte ihre Klit.

Lizzy biss sich auf die Lippe. Jack wusste genau, was er tat. Sein Atem erregte sie so sehr, dass sie unwillkürlich den Drang verspürte, sich dort unten zu streicheln, den Druck zwischen ihren Beinen zu verstärken, weil sie nur so zum Höhepunkt kommen würde. Aber ihre Fesseln hinderten sie daran, sich selbst Erlösung zu verschaffen.

Erneut lachte Jack, als hätte er ihre Reaktion vorausgeahnt. Augenscheinlich wollte er nicht, dass sie Erlösung fand, zumindest jetzt noch nicht. Unbeirrt setzte er die süße

Qual fort, reizte sie immer stärker, aber es genügte nicht, um zu kommen, es hielt sie auf der Schwebe. Wahrscheinlich war das genau so gewollt.

»Jack … nimm doch bitte … deinen Mund zu Hilfe.«

»Ich benutze ihn doch bereits«, gab er zurück, und obwohl sie sein Gesicht nicht sehen konnte, so hörte sie doch an seiner Stimme, dass er grinste. Ja, Jack gefiel das Spiel. Und Lizzy fand es auch sehr erregend. Sie wünschte nur, sie hätte ihre Hände einsetzen können.

»Ganz ruhig, ich werde dir schon ein paar schöne Gefühle entlocken«, versprach er. Erneut strich sein Atem über ihre nunmehr angeschwollene Knospe. Es prickelte heftig in ihrem Unterleib. So heftig, dass sie fürchtete, den Verstand zu verlieren. Aber immer wenn sie glaubte, es vielleicht doch zu schaffen und jeden Moment zu kommen, brach er das Spiel ab. Lizzys Oberschenkel zitterten vor Lust.

»Halt aus«, flüsterte er, und da spürte sie tatsächlich endlich sein zärtliches Lecken. Seine Zunge glitt sanft über ihre Perle. Lizzy stöhnte auf. Endlich gab er ihr, wonach sich ihr Körper schon so lange Zeit verzehrt hatte. So viele Wochen.

Jack leckte sie immer schneller und schneller, rasch baute sich Druck in ihr auf. Druck der hinauswollte, aber noch nicht konnte. Ihr Stöhnen wurde lauter, die Hände ballten sich zu Fäusten. Adrenalin strömte ohne Unterlass durch ihre Venen, und schließlich erreichte sie den Point of no return.

Jack hörte auf, sie zu lecken, denn das musste er jetzt auch nicht mehr. Er sah ihr zu, wie sie kam. Lizzy spürte seinen Blick überall auf ihrem Körper. Die Hitze in ihr nahm zu, wurde fast unerträglich, das Prickeln verwandelte sich in ein Rauschen. Sie wusste nicht mehr, wo oben und wo unten war. Und dann schrie sie auf in dem Moment, in dem es ihr kam. Das Gefühl kam einer Explosion gleich. Sie zitterte, bebte, noch während sich der Druck bereits wieder abbaute, aus ihrem Körper strömte, sie erlöste.

Welch süße Ekstase! Gierig schnappte sie nach Luft. Ihre Arme und Beine waren vor Anstrengung angespannt, dass sie jeden ihrer Muskeln spürte. Doch es hatte sich gelohnt. Sie wurde mit einem sinnlichen Nachglühen belohnt, das noch Sekunden später anhielt.

Erst da öffnete sie die Augen wieder, blickte Jack an, der glückselig lächelte.

Er verstand wohl, wie viel ihr dieser Moment bedeutet, was er in ihr ausgelöst hatte. Lizzy erkannte, dass keine Phantasie mit einem echten Erlebnis mithalten konnte. Sie war unendlich froh, dass Jack wieder auf sie zugekommen war.

*

»Sieh an, wenn das nicht Gregoire de Serment ist.« Aus dem Schatten trat Dulac, der allmählich zum Favoriten von Akrea geworden war. Eine Position, um die Gregoire ihn nicht unbedingt beneidete. In jedem Fall verwunderte es, dass Dulac um diese Zeit noch durch die Hallen des alten Schlosses schlich. Es sei denn, er kam gerade von einem Stelldichein mit der Meisterin.

»So spät noch unterwegs?«, fragte Dulac herausfordernd. Gregoire hatte keine Lust, sich auf dieses Spiel einzulassen. Stellas Zurückweisung beherrschte sein Denken, quälte ihn unermesslich.

»Wenn schon«, sagte er scharf und ging weiter, aber Dulac ließ nicht locker.

»Die Herrin fragt sich, wo Ihr Euch herumtreibt, Gregoire. Immer wenn sie nach Euch sucht, seid Ihr nicht aufzufinden und ignoriert sogar ihre Gedankenrufe. Natürlicherweise stellt sich die Frage, wo Ihr denn sonst seid, wenn nicht hier im Schloss.«

Gregoires Hände ballten sich zu Fäusten. Er würde diesem scheinheiligen Bastard sicher nicht auf die Nase binden, wo er sich aufhielt, wenn die anderen schlafen gingen. Er wollte Stella nicht in Gefahr bringen, wenngleich sie ihn sowieso nicht mehr sehen wollte. Der Gedanke daran zerriss ihm fast das Herz.

»Was geht es Euch an, Dulac?«

»Mich mag es gewiss nichts angehen, da habt Ihr recht. Aber die Meisterin schon. Ich gebe Euch den gutgemeinten Rat, sie besser zu besänftigen. Ihr wisst ja, was Ihr dabei zu tun habt.«

Es schüttelte Gregoire innerlich bei dem Gedanken, sich jetzt Akrea hinzugeben. Sie mochte eine schöne Frau sein, verführerisch, leidenschaftlich, aber sie war nicht Stella Lancaster oder eine ihre vielen Inkarnationen. Nur ihr gehörte sein Herz, das vor Sehnsucht stärker denn je brannte.

»Ich weiß es, Dulac. Ihr müsst mich nicht immer daran erinnern.«

»Ihr seid undankbar, Gregoire.« Dulac lehnte an die steinerne Wand, verschränkte die Arme vor der Brust. »Ich habe nie verstanden, was Euch antreibt. Weshalb Ihr das Leben hier nicht genießt.«

Genießen? Dieses Dasein, diese bloße Existenz war ein

Fluch! Er war kein Mensch mehr, allenfalls ein Schatten seines früheren Selbst. Dulac mochte damit keine Probleme haben, vielleicht genügte es ihm, in dieser winzigen Welt ohne Sonnenlicht vor sich hin zu vegetieren. Aber Gregoire war nicht so genügsam.

Er vermisste es, ein Mensch zu sein. Das echte Leben in seinen Adern zu spüren, nicht immer nur diese Kälte und Dunkelheit. Jetzt war er weder tot noch lebendig. Nur ein Sklave einer Dämonin, die ihn durch ihre Kräfte an dieses Dasein band. Sie hatte es ihm als Rettung verkauft. Heute wusste er, dass es eine Falle gewesen war. Der vergiftete Wein hatte von ihr gestammt.

»Warum mischt Ihr Euch ständig in Dinge ein, die Euch nichts angehen? Habt Ihr kein eigenes Leben? Oder wie immer Ihr Eure armselige Existenz im Schatten der Meisterin nennt.«

Dulac lachte leise und schüttelte den Kopf. »Ihr habt doch keine Ahnung. Warum seid Ihr nur so feindselig? Ihr scheint ja fast angewidert. Seid Ihr Euch der Vorteile unseres Seins nicht bewusst? Das ewige Leben!«

Nur was für ein Leben war das! Immer auf der Suche nach ihr. Und wenn er sie fand, musste er sie auch schon wieder ziehen lassen, weil ihre Zeit begrenzt war. Es war eine Qual.

»Denkt an die schönen Frauen in unserem Schloss, allen voran unsere Herrin. Keine Verpflichtungen, außer ihr gegenüber. Jeder Mann würde mit Euch tauschen wollen. Und Ihr werft das alles hin, als wäre es nichts.«

»Habt Ihr jemals geliebt? Richtig geliebt, meine ich?« Gregoire wollte sich für diese dumme Frage am liebsten sofort auf die Zunge beißen.

Eine Braue schnellte in dem feinen Gesicht Dulacs in die Höhe. »Das habe ich«, gab er zu Gregoires Überraschung zu.

»Und was fühlt Ihr jetzt?«

»Ich liebe unsere Herrin«, erwiderte Dulac.

»Natürlich tut Ihr das«, sagte Gregoire resignierend. Dulac erkannte die Ironie nicht. Dabei waren seine Worte der Beweis dafür, dass die Dunkelheit einen jeden von ihnen veränderte. Diejenigen, die früher Menschen gewesen waren, hatten alle Brücken hinter sich abgebrochen, um nur noch Akrea zu dienen. Dies war ihr einziger Daseinszweck.

Sie alle hatten ihr früheres Leben vergessen. Die Lieben, die sie zurückgelassen hatten. Vielleicht auch deshalb, weil sie tatsächlich nie wirklich geliebt hatten. Bei Gregoire war es anders. Er hatte Chantine niemals vergessen, niemals loslassen können. Voller Wehmut dachte er an ihre letzte Begegnung auf dem Ball zurück – an jenem Abend, an dem er vergiftet worden war. Der Tod wäre womöglich eine Erlösung gewesen. Jetzt wurde er nur noch von dem Gedanken angetrieben, Chantine endlich wieder in den Armen zu halten, wie er es früher getan hatte.

Chantine, seine erste und einzige Liebe. Wäre sie bei ihm geblieben, dann wäre er ein besserer Mensch geworden. Aber ihr Fortgang hatte ein Monster aus ihm gemacht. Kein Rock war vor ihm sicher gewesen. Er hatte immer gehofft, bei all diesen Frauen zu finden, was er an ihr verloren hatte.

»Akrea wartet. Ihr solltet ihre Geduld nicht über Gebühr strapazieren, Gregoire.«

Gregoire lachte leise. »Wüsste ich es nicht besser, würde ich meinen, Ihr wollt mich in Akreas Arme treiben. Solltet

Ihr nicht von Eifersucht zerfressen sein, wenn sie nicht Euch, sondern einen anderen liebt?«

»Ich wünsche mir nur, dass die Meisterin glücklich ist.«

Wie selbstlos. Und unglaubwürdig. Dulac spielte ein falsches Spiel, so viel war sicher. Aber im Augenblick war nicht die Zeit, der Sache auf den Grund zu gehen. Akrea wartete tatsächlich auf ihn. Und er sollte sich besser beeilen.

Gregoire eilte zum Gemach der Herrin, so schnell er nur konnte. Sie war unersättlich. Gierig. Ihr zu verfallen war nicht schwer, von ihr loszukommen umso schwieriger. Es sei denn, man hatte sein Herz gar nicht erst an die schöne Dämonin verloren.

*

Die grässlichen Steinaugen eines Dämons starrten auf ihn herab, während Dulac rastlos durch die große Halle schritt, gleich einem Tiger im Käfig, der nur auf den rechten Moment wartete, um auszubrechen.

Das Gespräch mit Gregoire de Serment hatte ihn mehr aufgewühlt, als er sich eingestehen wollte.

Ob er schon einmal geliebt hatte? Was für eine Frage! Gregoire wusste nichts über ihn. Rein gar nichts! Weder wer er war, noch woher er kam!

Dulac hatte sich diesbezüglich immer in Schweigen gehüllt. Er war Akreas Agent und ihr Geliebter, aber eben nicht nur.

Diese herablassende Art Gregoires würde ihm noch zum Verhängnis werden! Mehr denn je wünschte sich Dulac dessen Untergang. Wütend rammte er seine Fäuste gegen eine Steinsäule, aber diese blieb gänzlich unbeeindruckt.

Hatte er schon einmal geliebt?

Dulac lachte auf. Es war bitter. Und ironisch, dass ausgerechnet Gregoire ihm diese Frage stellte. Er drehte sich um, lehnte sich an die Säule und blickte abermals zu der Fratze empor.

»Was starrst du mich so an?«, brüllte er dem Steindämon entgegen, der natürlich nicht antwortete.

Langsam sank Dulac zu Boden, fuhr sich mit beiden Händen durch die Haare. Geliebt hatte er. Und er tat es heute noch. Das war ja gerade das Dilemma, aus dem er nicht ausbrechen konnte.

Zu lieben war gegen seine Natur. Und dennoch tat er es. Er warf den Kopf in den Nacken und schloss die Augen. Bilder zogen an ihm vorbei, dann lag plötzlich ein wunderschöner Sommertag vor ihm.

Die Luft war erfüllt vom Duft der Blumen. Ein wolkenloser Himmel, der Gesang der Vögel. Selten bekam jemand wie er ein solches Geschenk. Er war nur ihretwegen hier. Gerade jetzt lief er neben ihr her, beobachtete aus dem Augenwinkel ihre Anmut.

Die Haare wippten bei jedem Schritt mit, das Kleid umschmiegte ihre zierliche Gestalt. Sie roch noch besser als jede Blume in diesem riesigen Garten. Etwas war an ihr, was ihn vom ersten Augenblick an verzaubert hatte. Er hatte sie gesehen und sich verliebt.

Dulac lachte bitter auf. Es war nicht möglich für einen wie ihn, aber es war, wie es war. Er war zu diesen Empfindungen fähig.

»So beeil dich doch, Papa«, rief sie, und hinter ihnen her kam der Herr des Hauses, Dulacs Arbeitgeber.

Seine Schritte waren schwerfällig, er hatte ein paar Pfund zu viel auf den Rippen, liebte das gute Essen. Wer konnte es ihm verdenken. Schon nach wenigen Metern schien er gänzlich außer Atem.

»Ich eile ja schon, mein Täubchen.«

Dennoch mussten sie auf ihn warten.

»Ich will sie dir zeigen! Sie sind so wunderschön«, sagte sie aufgeregt und rannte auch schon weiter.

»Habt Ihr Kinder, Dulac?«, fragte der Herr, als er endlich bei ihm anlangte. Dulac war stehen geblieben. Es ziemte sich nicht, den Hausherrn hinter sich herlaufen zu lassen.

»Nein«, antwortete er knapp.

»Seid froh, Ihr seht ja, wie anstrengend Kinder sein können.«

Sie war schon längst kein Kind mehr, das sah der Herr durch den Blick des liebenden Vaters jedoch nicht. Seine Tochter war eine wunderschöne junge Frau.

»Ganz wie Ihr meint, Meister«, sagte Dulac und ging im Schritttempo neben dem Herrn her.

»Meister?« Der Hausherr blieb kurz stehen, hielt sich lachend den Bauch. »Ihr macht mir Späße, Dulac.«

»Ich verstehe nicht ganz, Meister?«

»Ja, ja. Nennt mich nur so. Ich höre das gern, das könnt Ihr mir glauben.«

Sie gingen weiter, gelangten zu dem Rosenbeet. Wolken zogen über den Himmel, verdeckten die Sonne. Woher sie so plötzlich kamen, wusste Dulac nicht zu bestimmen, wohl aber passten sie zu dem plötzlichen Stimmungswechsel.

»Was ist passiert?«, fragte sie aufgelöst und blickte ihn vorwurfsvoll an. Tränen standen ihr in den Augen.

Dulac betrachtete das Rosenbeet und erschrak. Die Blüten waren verdorrt. Dabei hatte er sie immer gegossen. Wie war es möglich, dass das Beet gänzlich zerstört war?

»Meine Rosen, meine wunderschönen Rosen. Ich wollte sie dir so gern zeigen, Papa. Sie hatten sich prächtig entwickelt in der Zeit, in der du auf Reisen warst. Und jetzt das!«

Sie sank in die Arme des tröstenden Vaters, während Dulac hilflos danebenstand. Er konnte sich das Malheur nicht erklären, hatte er doch stets gut für die Rosen gesorgt.

»Mein armes, armes Täubchen! Da seht Ihr, was Ihr angerichtet habt, Dulac! Ich habe ein Vermögen für diese Rosen ausgegeben. Schaut sie Euch an! Und Ihr wollt ein Gärtner sein!«

»Es … tut mir leid. Ich weiß nicht, was ich falsch gemacht habe.«

»Ihr habt sie nicht gegossen, Ihr Dummkopf.«

»Doch, ich …« Ob es an ihm lag, seiner bloßen Präsenz?

»Man sollte einen wie Euch mit dem Gürtel strafen!« Der Hausherr war derart erbost, dass seine Hand tatsächlich zu dem Gürtel griff.

Dulac wich zurück.

»Nicht doch, Papa. Nicht doch! So schlimm ist es nun auch wieder nicht.« Sie löste sich aus der Umarmung des Vaters und stellte sich schützend vor Dulac.

»Es geht nicht nur um deine Trauer, mein Kind. Diese Rosen waren Zuchtrosen. Sie haben ein Vermögen gekostet, und er hat sie mir ruiniert. Wofür bezahle ich solch einen Stümper überhaupt?«

»Es tut mir leid, Meister.«

»Meister, Meister! Das nützt dir jetzt auch nichts! Ich habe keine Ahnung, was ich jetzt tun soll.«

»Beruhige dich erst einmal, Papa. Komm, ich bringe dich ins Haus zurück und mache dir einen Tee, der wird deine Nerven besänftigen.«

Sie führte den aufgebrachten Hausherrn zur Villa zurück, drehte sich aber noch einmal zu Dulac um und nickte ihm zu.

Dulac wartete, bis die beiden im Haus verschwunden waren, erst danach wagte er sich an das Rosenbeet. Eine Blüte schimmerte noch im satten Rot. Vorsichtig fasste er sie an und erschrak, als sie sich dunkel färbte, ob der kurzen Berührung.

Gequält ließ er sich ins Gras sinken. Als Gärtner taugte er nichts, früher oder später wäre alles hier verdorrt. Aber er wollte in ihrer Nähe bleiben. Deshalb hatte er sich überhaupt erst um diese Anstellung beworben. Doch einem wie ihm stand das Glück nicht zu.

Bis zum Abend blieb er vor dem Beet sitzen.

Plötzlich hörte er ein Rascheln hinter sich, und als er sich umdrehte, erblickte er sie.

Sie trug ein Tablett vor sich her. »Dulac, Ihr solltet etwas essen. Ihr müsst doch bei Kräften bleiben.«

Erstaunt beobachtete er, wie sie neben ihm im Gras Platz nahm. »Nicht doch, Euer Kleid wird schmutzig.«

Sie lachte sanft. »Als würde mich das stören. Hier, ich habe Euch etwas aus der Küche mitgebracht. Es sind nur Reste, aber ich bin sicher, es wird Euch schmecken.«

Sie reichte ihm etwas Brot und Käse. Er nahm beides dankbar an.

»Warum tut Ihr das für mich?«

Sie zuckte mit den Schultern. »Ich mag Euch.«

Dulac hatte nicht zu hoffen gewagt, dass sie ihm das jemals sagen würde. Jetzt wusste er nicht, wo er hinschauen sollte.

»Ihr seid interessant«, fügte sie hinzu.

»Interessant?« Auch das hörte er selten.

»Die Leute im Dorf sind abergläubisch, ich glaube, sie fürchten Euch.«

»Mich?« Er biss ein Stück vom Käse ab.

Sie lachte leise. »Sie glauben, Ihr wärt ein Dämon oder so etwas.«

Jetzt verschluckte er sich und hustete heftig. Hilfsbereit klopfte sie ihm auf den Rücken. »Aber ich glaube das nicht, dafür seid Ihr viel zu freundlich.«

»Wie … wieso denken die Leute, ich sei … ein Dämon?«

»Eure Augen. Sie finden sie unheimlich.«

Rasch wich er ihrem Blick aus, bevor sie auch noch etwas Unheimliches in seinen Augen fand.

»Ich finde sie hübsch«, sagte sie stattdessen.

»Ihr … seid wirklich sehr freundlich zu mir.«

»Ihr seid doch auch freundlich zu mir. Blickt nicht weg, schaut mich an.«

Er tat ihr den Gefallen. Sie beugte sich vor, schaute ihm tief in die Augen. »Jetzt verstehe ich es«, erklärte sie und nickte überzeugt.

»Was versteht Ihr?«

»Was die Leute unheimlich finden. Eure Augen sind sehr dunkel. Vor allem in diesem Licht. Die Sonne ist ja fast untergegangen. Man kann kaum zwischen den Iriden und den Pupillen unterscheiden.«

»Das macht einen noch lange nicht zum Dämon.«

»Da habt Ihr recht, Dulac.«

Er biss noch ein Stück vom Käse ab, und auch etwas vom Brot, das schon ein wenig hart geworden war. Wahrscheinlich stammte es vom Vortag, aber er wollte sich keinesfalls beklagen.

»Das mit Euren Rosen, das tut mir sehr leid.« Er wünschte, er hätte das Unglück rückgängig machen können.

»Nicht schlimm, sie werden sich erholen, davon bin ich überzeugt. Ich habe außerdem Papa überredet, Euch noch eine Chance zu geben. Er war drauf und dran, Euch rauszuwerfen. Aber ich habe ihm versichert, dass Ihr sonst immer gute Dienste geleistet habt.«

Seltsamerweise waren die anderen Pflanzen nicht von dem eigenartigen Phänomen betroffen, dem die Rosen anheimgefallen waren. Hatte es womöglich damit zu tun, dass sie die Rosen so sehr liebte? Würde er alles zerstören, was ihr wichtig war? Der Gedanke erschreckte ihn, und er spürte einen dicken Kloß im Hals, der immer größer wurde. Er wollte ihr doch nicht wehtun. Er wollte sie auf Händen tragen.

»Ich … danke Euch.«

Sie lächelte. Es war das schönste Lächeln, das man ihm jemals geschenkt hatte. Eine Weile schwiegen sie, es war ein schöner Abend, man musste nicht unbedingt reden. Ihm jedenfalls fiel kein Thema ein, das nicht irgendwie schwermütig gewesen wäre und die Stimmung möglicherweise ruiniert hätte.

»Sagt mir, Dulac …«

»Ja?«

»Habt Ihr schon einmal …« Sie hielt inne, kicherte.

»Habe ich was schon einmal?«

»Ein … Mädchen geliebt?«

Nun schoss ihm das Blut in die Wangen. Mit einer solchen Frage hatte er wahrlich nicht gerechnet.

»Ja … das … habe ich«, gab er zu. Er war kein schlechter Liebhaber, zumindest war dies seine Überzeugung.

»Wie ist das? Jemanden zu lieben?«

Er verstand. Ihr fehlte die Erfahrung. Aber das machte nichts. »Es ist … wundervoll. Ich kann mir kaum etwas Schöneres vorstellen.«

»Erläutert es näher. Bitte.«

»Nun … es ist die Nähe, die Wärme. Manche Mädchen riechen sehr gut. Allein ihr Geruch kann sehr erregend sein.«

»Und, wie rieche ich?«

Wundervoll. Besser als jede andere. Aber er traute sich nicht, es ihr zu sagen. Er fürchtete sich davor, dass sie in seinen Händen verblühen würde, so wie die Rosen.

Zu seinem Schrecken kam sie näher, beugte sich über ihn, so dass sein Gesicht fast in ihre wunderschönen Brüste tauchte. »Rieche ich gut?«, fragte sie.

Er nahm einen tiefen Atemzug und glaubte zu vergehen, weil die Süße fast unerträglich war.

»Ja«, flüsterte er.

»Wollt Ihr mich berühren?«

Ja! Aber das durfte er nicht. Bevor ein Unglück geschah. Doch sie griff nach seiner Hand und legte sie einfach auf ihr Dekolleté. Erschrocken zog er sie zurück, aber dem Mädchen war nichts geschehen. Es kicherte nur. War es ihm tatsächlich gestattet, sie anzufassen?

»Zeigt mir, wie es geht. Ich bitte Euch.« Er sah Sehnsucht

in ihren Augen. Sie machte ihn schwach, und er zögerte nicht länger, legte sich auf sie, küsste sie. Sie schmeckte wundervoll. Sacht schob er seine Zunge in ihren Mund, massierte die ihre, die ihrerseits an seiner rieb.

Zitternd streichelte er die Wölbung ihrer Brüste, die fast aus dem engen Mieder zu springen drohten. Erst da fiel ihm auf, dass sie keinen Reifrock trug. Das erleichterte es ihm, ihren Rock zurückzuwerfen und einen Blick darunter zu erhaschen.

Ihre Beine waren schneeweiß. Zwischen ihnen öffnete sich ihre Blüte. Er sah, wie diese glitzerte.

»Ihr seid der Erste«, gestand sie ihm.

Behutsam setzte er sich zwischen ihre Schenkel, streichelte diesen herrlichen Schatz, roch an ihm, und seine Erregung steigerte sich ins Unermessliche.

»Zeigt mir, wie es geht«, forderte sie abermals.

Dulac zögerte nicht länger, entledigte sich seiner Culotte und rieb an seinem Schwanz, bis dieser hart und groß genug war, um sie zu nehmen.

Doch Dulac wollte es so angenehm wie möglich für sie machen, also schob er seine Lenden ganz behutsam vor. Langsam drang er in sie. Und das Mädchen stöhnte. Achtzehn Lenze war sie jung, und nie hatte ein Mann sie berührt. Er durfte der Erste sein.

Ihr Körper verkrampfte sich. Da war ein Widerstand. Doch nur kurz. Schon glitt er geschmeidig in sie.

»Es ist schön«, flüsterte sie ergriffen. Dann fing er an, sich zu bewegen. Erst langsam, dann schneller. Er packte ihre Hände, drückte diese auf den Boden und hielt sie fest, während er seinen Rhythmus fand.

In ihr pulsierte es. Er konnte ihre Hitze spüren. Sie ging auf seinen Körper über, durch den heiße Lava floss. Ob sie das spürte? Vielleicht wirkte er auf sie wie ein ganz normaler Mensch. Er hoffte es. Es wäre fatal, wenn seine Tarnung aufflog.

Seine Lippen näherten sich abermals den ihren. Er wollte sie noch einmal schmecken. Da reckte sie ihm den Kopf entgegen und küsste ihn einfach so. Dulac war überwältigt. Sein Herz raste vor Glück.

Das Beben in ihrem Inneren wurde intensiver. Er kannte diese Anzeichen nur zu gut. Sie schrie auf. Stöhnte, keuchte. Zitterte! Schaute ihn an. Unglauben und Erstaunen spiegelten sich in ihren wunderschönen Augen. Solche Gefühle hatte sie noch nie erlebt, das verrieten ihre Blicke.

Das Stöhnen wurde lauter, wurde zu einem Schrei. Sie bäumte sich auf, blieb einen kurzen Moment in dieser Position, dann sank sie zurück ins Gras. Sie keuchte, lachte, wischte sich dann Tränen aus den Augen.

Auch Dulac war gekommen. Aber wichtig war ihm in diesem Moment nur, dass sie glücklich war.

Langsam zog er sich aus ihr zurück, zupfte den Rock zurecht.

»Das war … etwas Besonderes«, raunte sie ergriffen.

»Für mich auch.«

Ihr Lächeln war so süß, dass es ihn schwach machte.

»Ich muss leider zurück. Papa wird mich sonst vermissen.«

»Das verstehe ich.«

Er half ihr auf, und sie hauchte ihm einen letzten Kuss auf die Lippen. Dann rannte sie los. Dulac blieb zurück, schaute ihr nach. Und als er sich umwandte, traute er seinen Augen kaum. Die Rosen blühten wieder …

Dulac öffnete die Augen und fand sich in dem kalten Gewölbe wieder, das ihm zuwider war. Seine Erinnerungen waren so plastisch gewesen, dass er für einen kurzem Moment tatsächlich geglaubt hatte, er wäre wieder im 18. Jahrhundert.

Das Mädchen, seine Liebe, hatte irgendwann geheiratet. Und ihm war lediglich die Erinnerung geblieben. Ja, er hatte einst geliebt. Auch wenn jemand wie Gregoire das nicht glauben mochte.

*

Akrea war fast eingeschlafen, als das Knarren der Tür sie weckte. Auch Dämonen brauchten hin und wieder eine Auszeit. Besonders Lustdämonen wie sie, die den lieben langen Tag kaum etwas anderes taten, als sich ihren zahllosen Liebhabern hinzugeben. Ihnen einen Teil ihrer Energie zu rauben, um sich davon zu ernähren.

Sie hob den Blick, bemerkte den Schatten, der fast schüchtern eintrat. Gregoire. In letzter Zeit verhielt er sich merkwürdig. Unaufmerksam. Unbeteiligt. Abgelenkt.

»Ich hoffe, ich störe Euch nicht, Meisterin?«

»Komm näher, ich will dich betrachten.« Sie leckte sich über die Lippen. Nun war sie hellwach. Dieses Mannsbild hatte es ihr seit jeher angetan. Vom ersten Moment an war sie besessen davon gewesen, ihn zu besitzen. Sein Stolz, sein Charisma. Alles gehörte ihr. Und sie würde es nie wieder hergeben. Dies war Teil des Bundes, den sie mit ihrem sich stets bedeckt haltenden Meister eingegangen war. Ein Meister, von dem niemand etwas ahnte. Nicht einmal Gregoire.

Aber das war gut. In letzter Zeit ärgerte sie sich viel zu oft über ihn. Gregoire vergaß allzu schnell, wem seine Loyalität gelten sollte. Sie hatte ihm das Leben gerettet, ihm die Unsterblichkeit geschenkt. Aber anstatt dankbar zu sein, entfernte er sich immer mehr von ihr. Wenn sie sich vereinten, spürte sie, dass er an eine andere dachte.

Ein Jammer. Denn kein anderer ihrer Liebhaber verstand es, sie auf diese Weise zu lieben, bei der sie sich nicht als übermächtige Herrin, sondern einfach als Frau fühlen konnte. Sie liebte diese Illusion. Überhaupt hatten es ihr diese zerbrechlichen Wesen angetan. Sie waren amüsant, reizvoll, schwach. Männer wie Frauen. Spielzeuge in ihren Augen. Menschen.

Gregoire trat näher an ihre Spielwiese heran. Sie schnipste mit dem Finger, und alle Kerzen im Raum flammten wie durch Geisterhand auf. Wie immer trug er sein Rüschenhemd und die Puderperücke. Wesen wie er, die einst Menschen gewesen waren, legten alte Gewohnheiten und Vorlieben nur sehr schwer ab. Daraus machte sie ihm keinen Vorwurf. Sie hatte ihn als Jüngling des 18. Jahrhunderts kennengelernt, und als solcher stand er nun vor ihr. Um keinen Tag gealtert. Zumindest nicht optisch. Und dennoch war er nur ein Geist.

»Wo bist du gewesen?«, fragte sie sanft. Er baute eine Art Schirm um sich auf, wenn er das Schloss verließ. Das erschwerte es ihr, ihn ausfindig zu machen. Und es weckte ihr Misstrauen.

Gregoire deutete eine Verbeugung an. »Verzeiht mir, Meisterin Akrea. Ich war in Gedanken versunken.«

»In Gedanken, so?«

»Ich werde beim nächsten Mal achtsamer sein.«

»Das will ich für dich hoffen. Meine Großzügigkeit kennt auch Grenzen. Ich hoffe, du bist dir im Klaren darüber, dass ich dir jederzeit nehmen kann, was ich dir gab.«

»Ich verstehe, Meisterin«, sagte er nur, und sein Blick glitt zu Boden.

»Wirklich?« Sie stieg aus dem riesigen Bett, schlich um ihn herum wie das Raubtier um die Beute. Und genau so verhielt es sich auch. Er war nichts weiter als eine Beute. Wie all die anderen in diesem Schloss. Arme Seelen, die sie bei sich aufgenommen hatte. Die jetzt ihr gehörten.

Sie blieb vor ihm stehen, hob sein Kinn an und blickte ihm in die Augen. »Ich erwarte von dir mehr Einsatz. Gib acht, dass ich deiner nicht überdrüssig werde.«

»Ja, Herrin.« Er griff nach seinem Gürtel, in der Absicht, ihn zu lösen. Doch Akrea lachte nur. »Was denkst du nur, du Gockel. Ich habe im Moment keine Lust auf dich.«

»Herrin?« Das erstaunte ihn offenbar. Dieser arme Tropf hielt sich für unwiderstehlich. Aber er sank mit jedem Tag mehr in ihrer Gunst.

»Das ist der Lauf der Dinge, Gregoire. Wer sich oft rar macht, wird bald nicht mehr vermisst.«

»Herrin, ich habe mich falsch verhalten, bitte vergebt mir.« Zumindest begriff dieser Mann, was für ihn auf dem Spiel stand.

»Du fürchtest dich davor, wieder ein Mensch zu werden, wenn ich dir deine Energien entziehe. Du fürchtest dich deshalb, weil deine Spezies schwach ist, so wie du einst schwach warst.«

Er sagte nichts, senkte nur den Blick. »Menschen sind blind und taub, sie sehen nur einen kleinen Teil der Welt, in der sie leben. Sag mir, Gregoire, möchtest du blind und taub sein?«

»Nein, Herrin.« Diese Antwort stellte sie zufrieden.

»Dann halt dich an mich.« Nur so würde er die Ewigkeit ertragen.

»Das werde ich, Herrin. Ich weiß, ich bin Euch zu Dank verpflichtet und habe mich stattdessen schändlich benommen. Ich werde von jetzt an tun, was Ihr von mir verlangt.«

»Schön. Und doch … ist mir dein Anblick lästig. Verzieh dich.« Akrea musste hart durchgreifen. Damit er endlich begriff, dass er ihr Diener war. Und weil sie merkte, dass sein Anblick sie in Wahrheit schwach machte. Egal, was dieser Schuft tat, sie würde ihm wohl immer verzeihen. Aber das brauchte er nicht zu wissen. Mancher brauchte eine harte Hand.

»Wie Ihr wünscht, Meisterin.«

Er verbeugte sich und ging. Kaum war die Tür hinter ihm ins Schloss gefallen, zerriss sie im Zorn das Kissen, auf dem sie eben noch gelegen hatte. Sie hasste ihre eigene Schwäche. Das machte sie viel zu menschlich.

*

Gregoire begab sich direkt zu seinem Gemach. Wie ein Schatten huschte er durch das riesige Schloss, vorbei an wandhohen Gemälden und Kerzenleuchtern, die fast bis zur Decke reichten. Dieses Schloss war nicht real. Nichts in dieser Welt war es. Es war Teil des Dämonenreichs. Eine grandiose Illusion. Er hatte sich hier nie zu Hause gefühlt.

Dämonen brauchten keine Schlösser. Genauso wenig wie sie Türen oder Betten benötigten. Diese Welt existierte nur für ihn und seine Leidensgenossen. Sie waren Gefangene und merkten es nicht einmal. Das Einzige in seinem Leben, was noch einen Wert hatte, war Stella Lancaster. Doch die hatte ihn fortgeschickt. Sein Herz brannte. Und auch Akrea wandte sich von ihm ab. Aber das konnte er verschmerzen.

Er stieß die Tür zu seinem Gemach auf und ließ sich auf das Bett fallen. Es fühlte sich echt an. Wie das Bett, in dem er als Junge geschlafen hatte. Auf dem Schloss seines Vaters. Ein vertrautes Gefühl. Tröstend.

Wenn sie ihm doch nur glauben, sich erinnern würde. Alles wäre dann so einfach. Er schloss die Augen, dachte an jenen wunderbaren Sommertag zurück, als er Chantine La-Mare in ihren Blütejahren begegnet war.

Damals war er ein schüchterner junger Mann gewesen, achtzehn Jahre alt, aber so unerfahren, dass er nicht einmal wusste, wie Mann und Frau sich küssten. Als sein Vater ihn auf die ersten Bälle mitgenommen hatte, hatte er sich um jeden Tanz gedrückt, nur um einem Mädchen nicht zu nahe zu kommen. Aus irgendeinem Grund hatte er angenommen, sie zu verschrecken.

Chantine LaMare war die Tochter eines alten Freundes und Geschäftspartners seines Vaters gewesen. Er hatte sie auf das Anwesen von de Serment eingeladen, wo sie eine Woche zu bleiben gedachten, um ihre Reise gen Süden anschließend fortzusetzen.

»Du wirst Chantine mögen«, hatte der Vater gesagt. »Ihr seid euch ja schon mal begegnet. Kannst du dich erinnern?«

Er hatte es nicht gekonnt.

»Sie war zu Gast bei uns. Weit über zehn Jahre ist das jetzt her. Aber du hast sie sehr gemocht und später erzählt, wenn du erst groß bist, würdest du sie heiraten.«

Das klang in der Tat nach ihm. Er lachte leise. Denn nichts war näher an der Wahrheit als dieser unschuldige Satz. Hätte er jemals eine Frau zu seinem Weib genommen, er hätte sich ohne zu zögern für Chantine LaMare entschieden.

Nun sollten sie sich wieder begegnen. Als junger Mann und junge Frau. Gregoire war schon Tage vor Chantines Ankunft so aufgeregt, dass er kaum einen Bissen zu sich nehmen konnte.

»Du musst essen, Junge, sonst fällst du noch vom Fleisch«, sagte Françoise, die Köchin des Hauses. Sie musste es wohl wissen, man sah ihr an, dass sie ihre Arbeit liebte.

Der Rehbraten, den sie mit Hilfe des Kochjungen auf die Tafel stellte, duftete köstlich. Und tatsächlich verspürte Gregoire auch ein leises Grummeln in der Magengegend. Doch dachte er wieder an Chantine, war der Appetit so schnell wieder fort, wie er gekommen war. Und so aß er kaum und zog sich nach dem Essen zurück.

Den ganzen Tag verbrachte er auf seinem Gemach, starrte die Decke an. Ob Chantine ihn wiedererkannte? Ob sie noch wusste, wer er war? Ob sie ihn mögen würde?

Die Zeit verging viel zu schnell, so wie es immer war, wenn man sich vor etwas fürchtete. Die Aufregung ließ ihn nicht mehr los bis zu dem Tag, an dem die Kutsche der Familie LaMare in den Innenhof von Schloss Serment vorfuhr. Und Gregoire, der aus dem Fenster blickte, spürte, wie ihm das Herz bis zum Hals schlug.

Die Pferde trappelten nervös auf der Stelle, während der herbeigeeilte Stallbursche sie losband. Ein Diener öffnete die Kutschentür, und Monsieur LaMare stieg aus. Edelsteine zierten seinen Rock. Er wollte jedem zeigen, dass er betucht war. An diese Eigenart konnte sich Gregoire erinnern. Schon damals hatte Monsieur LaMare den Prunk geliebt.

Galant hielt der Kaufmann die Hand zu der Dame hin, die nun ebenfalls ausstieg. Sie trug ein wundervolles Kleid, fein geschnitten, aus dem edelsten Stoff gefertigt. Dieser glitzerte in der Sonne. Ein Hut mit großer Krempe verdeckte das Gesicht der jungen Frau, doch als sie kurz den Kopf hob, erkannte er Chantine wieder. Ihre roten Lippen, die leuchtenden Augen. Das Mädchen von damals war erblüht.

Hatte sie ihn gesehen? Sie blickte direkt zu ihm. Gregoire wich erschrocken vom Fenster zurück. Er hätte ihr stattdessen winken sollen. Wie stand er nun da, falls sie ihn bemerkt haben sollte? Da klopfte es an der Tür.

»Monsieur, Ihr wolltet informiert werden, sobald die Familie LaMare den Hof erreicht.« Es war die Stimme seines Kammerdieners Eduard.

»Habt Dank«, sagte er, und seine Stimme klang vor Aufregung heiser. So schnell er nur konnte, streifte er sich seinen besten Rock über, um Chantine im Salon zu empfangen. Dort warteten bereits sein Vater und seine Mutter auf die Ankunft ihrer Gäste.

Es dauerte nicht lange, da betraten Monsieur LaMare, der ohne Zweifel das Leben und dessen Vorzüge liebte, sowie

Chantine den großen Saal. Sie verneigte sich höfisch, was Gregoire einen kurzen, wohl eher ungewollten Blick auf ihre schönen Brüste erlaubte, die in ihrem Mieder schlummerten.

Erstaunlich, wie sie sich verändert hatte! Und doch war sie dieselbe.

»Willkommen, mein Freund«, begrüßte sein Vater Monsieur LaMare und nahm ihn gleich zur Seite, während sich seine Mutter um Chantine kümmerte.

»Ich freue mich, Euch wiederzusehen. Ihr habt Euch sehr verändert. Zum Besten«, sagte die Mutter und führte Chantine zu den Sofas.

Gregoire folgte ihnen. Er fand es interessanter, die Frauen zu begleiten, anstatt sich das langweilige Gerede über Politik und Wirtschaft anzuhören. Sein Vater tadelte ihn oft, weil er für derlei Dinge kaum Interesse zeigte.

»Ich danke Euch, Madame de Serment.«

»Nehmt doch bitte Platz.«

»Habt Dank.« Sie saßen nun auf der sonnigen Seite des Saals. Die hellen Strahlen der Sonne, die Chantines Gesicht wärmten, tauchten ihre Lippen in ein sattes Rot.

»Gregoire, möchtest du nicht an der Konversation teilnehmen?«, fragte die Mutter erstaunt, als sie bemerkte, dass er ihnen anstatt dem Vater gefolgt war.

»Im Augenblick nicht. Es sei denn, meine Anwesenheit stört?« Er blickte fragend zu Chantine.

»O nein, nein. Gewiss nicht, Monsieur de Serment.«

Warum nannte sie ihn nicht Gregoire, so wie früher? Das war doch viel vertrauter. »Bitte nennt mich Gregoire«, ersuchte er sie daher.

Sie lächelte. »Gern. Gregoire.« Und ihre Wangen färbten

sich in ein zartes Rosé, so dass ihre Haut samtig schimmerte.

Sie war perfekt. Lieblich. Hinreißend. Und allmählich sorgte er sich, sie könne sich davon belästigt fühlen, dass er nicht aufhören konnte, sie anzusehen. So ging es den ganzen Tag. Immer wieder suchte Gregoire ihre Nähe. Und Chantine erlaubte es, vielleicht mochte sie seine Gegenwart sogar?

»Morgen findet ein großes Fest am Markt statt«, erklärte er ihr beim Abendessen.

»Das klingt aufregend. Wollen wir uns das nicht ansehen, Papa?«

»Aber gern. Vielleicht lässt sich dort das eine oder andere gute Geschäft machen.«

»Papa denkt immer ans Geschäft.«

Gregoire schmunzelte. »Dann ist es also abgemacht? Wir fahren zum Markt?«

»Ja, ich freue mich darauf.«

»Wir haben morgen leider andere Verpflichtungen, aber Gregoire wird euch herumführen, nicht wahr, mein Sohn?«

»Gewiss, Vater.« Ihm war das sogar recht. Je weniger Aufpasser, desto besser.

Am nächsten Morgen stand Gregoire sehr früh auf. Er war zu aufgeregt, um weiterzuschlafen. Geschwind wusch er sich und schlüpfte in seine Kleider, dann setzte er sich auf einen Stuhl am Fenster und wartete, bis die Sonne aufging.

Kurz darauf hörte er, wie die Knechte die Kutsche in den Hof brachten und die Pferde anspannten. Es war der rechte Moment, um nach unten zu gehen und auf Chantine und ihren Vater zu warten. Sein Herz klopfte heftig, als beide den Hof betraten.

»Guten Morgen«, grüßte ihn Chantine. Und ihre Wangen waren noch immer rosig.

»Guten Morgen.« Er neigte den Kopf. Ein Diener hielt ihnen die Kutschentür auf, und Gregoire half Chantine beim Einsteigen.

»Sehr freundlich.«

Nach Chantine stieg ihr Vater ein und dann schließlich auch Gregoire, der sich ihr gegenüber hinsetzte. Es folgte eine lange, sehr angenehme Kutschfahrt. Angenehm deshalb, weil sie ihm erlaubte, Zeit mit Chantine zu verbringen. Zeit, die er vor niemandem würde rechtfertigen oder erklären müssen. Die Pferde behielten ihr Tempo bei, bis sie Avignon erreichten. Dort herrschte buntes Treiben. Von überall her schallte Musik, und Gaukler bevölkerten die Straßen.

»Das verspricht interessant zu werden«, meinte Monsieur LaMare, nachdem die Kutsche angehalten hatte und sie ausgestiegen waren. Einen Moment nahm er sich Gregoire zur Seite.

»Mein Junge, ich würde gerne ein paar alte Geschäftspartner aufsuchen. Das ist sehr wichtig für mich. Ich vertraue darauf, dass du derweil auf mein Kleinod aufpasst?«

Gregoire fühlte sich geehrt, dass Monsieur LaMare ihm diese wichtige Aufgabe anvertraute!

»Natürlich, Monsieur. Ich werde Euch nicht enttäuschen.«

»Davon gehe ich aus, mein Junge.« Er klopfte Gregoire gönnerhaft auf die Schulter, winkte Chantine noch einmal zu und verschwand schließlich in einer Seitengasse.

»Wo ist Papa denn hin?«, fragte Chantine verwirrt.

»Geschäfte.«

»Ah, natürlich. Das sieht ihm ähnlich. Er kann nicht ausspannen, dabei muss doch jeder hart arbeitende Mann auch einmal eine Pause machen.«

»Er kann wohl nicht aus seiner Haut.«

»Wer kann das schon?«

Eine Gruppe Gaukler tanzte durch die Gasse. Drei Männer und eine Frau, die Flöte spielten. Schnell hatten sie Gregoire und Chantine ausgemacht, eilten nun auf sie zu. Einer der Männer, der eine Narrenkappe trug, zögerte nicht lange und griff Chantine bei den Händen, um sich mit ihr im Kreis zu drehen.

»Hey!«, rief sie erschrocken, lachte dann aber über den Spaß. Dennoch schritt Gregoire sofort ein. Dieser lästige Kerl sollte seine schmutzigen Finger bei sich lassen. Er packte den Jüngling bei den Schultern und riss ihn weg, so dass er fast stürzte. Das Lachen verstummte augenblicklich.

»Nicht doch, Gregoire. Das war doch nicht böse gemeint«, versuchte Chantine ihn zu beruhigen.

»So etwas gehört sich nicht«, rechtfertigte er sein Handeln. Die Gaukler hatten keine Lust auf Diskussionen und zogen weiter.

»Es war doch wirklich nichts dabei.«

Gregoire konnte ihr nicht sagen, dass er es nicht ertrug, wenn ein anderer Mann ihr zu nahe kam, Körperkontakt, gleich welcher Art, zu ihr suchte. Er wollte derjenige sein, der sie hielt, mit ihr tanzte, sie berührte.

»Verzeiht. Ich wollte Euch lediglich helfen«, sagte er leise.

»Das ist sehr lieb, Gregoire. Vielen Dank.« Sie stellte sich auf die Zehenspitzen und gab ihm einen Kuss auf die Wange. Und in diesem Moment fühlte er sich wie der glücklichste Mensch auf der Welt.

Erstaunt fuhr er sich mit der Hand über diese Stelle. Er meinte, diesen wundervollen Kuss sogar jetzt noch zu spüren.

»Wollen wir uns das mal ansehen?«, fragte sie plötzlich und deutete auf ein seltsames Gebilde in der Nähe des Stadtzentrums. Es erinnerte an ein gewaltiges Zelt, allerdings stimmte die Form nicht ganz. Es blähte sich auf, wuchs vor ihren Augen fast bis in den Himmel hinein.

»Habt Ihr so etwas schon einmal gesehen?«, fragte Chantine neugierig.

»In der Tat. Jetzt erinnere ich mich. Darüber habe ich gelesen.«

»Was ist es, Gregoire, klärt mich auf.«

Viele Menschen hatten sich um das gewaltige Gebilde gesammelt, an dessen Ende sich ein großer Korb befand.

»Es ist ein Ballon.«

»Ein Ballon?«

»Eine Montgolfière, um genau zu sein.«

»Und was macht man mit einer Montgolfière?«

»Man fliegt.«

»Ach, hört auf, jetzt veralbert Ihr mich aber.« Sie gab ihm einen leichten Stoß in die Seite.

»Mitnichten, Chantine. Ich habe erst vor wenigen Wochen einen Artikel über die Luftfahrt gelesen. Seht Ihr den Korb?«

»Gewiss.«

»Dort steigen die Passagiere ein. Und die Seile, die seht Ihr auch?«

»Aber ja.«

»Wenn diese gekappt werden, wird der Ballon in die Luft aufsteigen.«

»Das ist ja wundervoll!«

»Es gefällt Euch?«

»Aber ja!«

»Dann lasst uns näher herangehen!«

»Zu gern.«

Aus der Nähe betrachtet, war der Ballon sogar noch größer. Sie pumpten Rauch in ihn, wodurch er sich weiter aufblähte, bis er sich schließlich zu seiner vollen Größe aufgerichtet hatte. Die Leute applaudierten. Chantine klatschte aufgeregt mit und lächelte. Ihr Lächeln bezauberte ihn nur noch mehr.

»Das ist wirklich phantastisch. Vielen Dank, Gregoire, dass Ihr mich nach Avignon mitgenommen habt. So etwas sieht man nicht alle Tage.«

Er freute sich sehr, dass sie sich gut amüsierte.

»Wie das wohl sein mag, wenn man mit einem Ballon reist?«

»Wir könnten es herausfinden.«

»Meint Ihr, das geht?«

»Lasst mich nur machen. Wartet einen Augenblick.« Er löste sich von ihr, ging zu den Männern, die den Ballon vorbereiteten, und sprach denjenigen von ihnen an, den er für den Besitzer hielt.

»Wie teuer ist eine Fahrkarte, Monsieur?«

»Oh, das tut mir leid, wir machen heute keine Fahrt. Der Wind steht nicht gut. Solche Dinge müssen berücksichtigt werden. Der Ballon ist heute lediglich ein Ausstellungsobjekt.«

»Wie schade!« Chantine würde enttäuscht sein.

»Wann wird es die nächste Gelegenheit zu einer Ballonfahrt geben?«

»Das kann ich Euch im Moment nicht sagen, Monsieur. Tut mir sehr leid. Vielleicht im nächsten Jahr, wenn wir wieder in Avignon sind.« Das war eindeutig zu spät.

»Ich verstehe, da kann man nichts machen. Habe die Ehre.«

»Auf bald, Monsieur.«

Niedergeschlagen kehrte er zu Chantine zurück.

»Was hat er gesagt?«, fragte sie aufgeregt. Er konnte und wollte sie nicht enttäuschen. Er wollte, dass sie sich freute.

»Wir sollen nachher noch einmal wiederkommen. Im Moment steht der Wind nicht günstig«, sagte er. Vielleicht hatte sie den Ballon später vergessen und interessierte sich für etwas anderes.

»Nachher? Na fein, dann schauen wir uns derweil den Markt an.«

»Ja, das klingt nach einer hervorragenden Idee.«

Sie eilte voraus. Er hatte Mühe, mit ihr Schritt zu halten. Chantine war außer Rand und Band. Ihre Begeisterungsfähigkeit steckte ihn an.

Sie blieb an einem Stand mit Obst stehen, schnappte sich einen Apfel und warf dem Händler eine Münze zu, die dieser geschickt fing. Herzhaft biss sie hinein und lächelte Gregoire auf eine Weise an, die etwas in seinen Lenden weckte. Etwas, was er kaum zu bändigen vermochte. Und als sie plötzlich auf seine Hose blickte, als wollte sie überprüfen, ob sich dort eine Reaktion zeigte, wurde ihm klar, dass sie dies absichtlich verursachte, vielleicht sogar kontrollierte. Und sie schien mit dem Ergebnis zufrieden.

Chantine eilte weiter, vorbei an unzähligen Ständen. Sie wirkte wie ein junges Fohlen, das zum ersten Mal auf eigenen Beinen stand und die Welt erkunden wollte. Aber nach ihrem seltsamen Blick brannte ihm die Frage auf der Zunge, ob sie nicht noch etwas ganz anderes ebenso sehr zu erkunden begehrte.

Oder hatte er sich am Ende alles nur eingebildet? War der Wunsch der Vater des Gedanken? Er hoffte, dass er tatsächlich Verlangen in ihren wunderschönen Augen gesehen hatte. Doch er musste Gewissheit haben.

Endlich hatte er sie eingeholt. Den Apfel hatte sie längst aufgegessen. Jetzt schaute sie sich ein paar Tonfiguren an, die fein gearbeitet waren. Er war versucht, Chantine eine auswählen zu lassen, die ihr am besten gefiel, und sie ihr dann zu schenken. Aber Chantine war so flatterhaft wie ein Schmetterling. Schon hatte sie etwas anderes entdeckt, was ihre Aufmerksamkeit fesselte. Jetzt waren es Gemälde, die sie faszinierten.

»Das ist wundervoll«, flüsterte sie, deutete auf ein Bild, während ihre leise Stimme abermals ein sinnliches Kribbeln in ihm auslöste. Ihr Augenaufschlag machte seine Lage nur noch komplizierter. Der Stoff seiner Hose fing an zu spannen. Er musste aufpassen, damit man das Resultat nicht zu deutlich sah.

»Komm bitte mit«, sagte er, weil er es nicht länger aushielt, und führte sie zu einer Ecke, wo sie allein waren.

»Was ist denn los?«, fragte sie verwirrt.

»Ich …« Wie sollte er das nur sagen?

Erneut glitt ihr Blick zu seiner Hose, und wieder hatte er das Gefühl, sie legte es genau darauf an.

»Du tust es schon wieder.«

»Was denn?«

»Mir auf … die Hose starren.«

»Tue ich das?«

»Ja. Eben und vorhin auch.«

Sie lächelte, tat ganz unschuldig. Aber das erhärtete nur den Verdacht, den er bereits hegte. Wollte sie ihn etwa verführen?

»Ich bin mir keiner Schuld bewusst, Gregoire.«

Also hatte er sich doch alles nur eingebildet. Er kam sich reichlich töricht vor. Rasch griff er nach seinem Schnupftuch und tupfte sich die Stirn ab.

Chantine kicherte und kam schließlich näher, streichelte seine Wange. »Gregoire, du wirkst ja auf einmal ganz durcheinander. Mache ich dich so nervös?«

Allerdings! Aber das konnte er wohl schlecht vor ihr zugeben. Zumal sie ja bereits gesagt hatte, dass sie nur unbewusst zu seinen Lenden geblickt hatte. Wie hätte sie auch ahnen sollen, welches Feuer dort brannte? Nun war ihm sein Verdacht umso unangenehmer.

»Ein wenig, vielleicht«, gab er zu.

»Wollen wir zum Ballon zurückgehen?« Sie hatte ihn also doch nicht vergessen. Jetzt würde sie enttäuscht sein, wenn es heute keine Fahrten mehr gab.

»Ja, warum nicht.« Zumindest kam es ihm gelegen, wenn sie gar nicht erst weiter über seine Lenden und Gefühle sprachen. Wahrscheinlich würde das Feuer von ganz allein verlöschen, wenn er an etwas anderes dachte. Sie liefen den Weg zurück. Die Menschen waren weitergezogen, keine Zuschauer mehr, aber der Ballon ragte immer noch majestätisch in die Höhe.

»Wir können doch mal ausprobieren, wie es sich anfühlt.«

»Was anfühlt?«, fragte er nervös. Hoffentlich meinte sie nur den Ballon.

»Na, wenn man sich in diesen Korb setzt.« Sie lachte leise.

»Ich glaube nicht, dass das eine gute Idee ist.«

»Weshalb? Sie haben doch gesagt, dass wir später noch mal vorbeikommen sollen. Jetzt ist später.«

»Es ist kaum mehr als eine Stunde vergangen.«

Chantine stellte sich auf die Zehenspitzen, schaute sich nach allen Seiten um. »Ich sehe keinen Aufpasser, siehst du einen?«

Auch er sah niemanden.

»Dann los.« Sie nahm seine Hand. Es fühlte sich wundervoll an. Chantine eilte zu dem Korb und kletterte geschickt hinein. Sie war schon früher ein Wirbelwind gewesen. Gregoire war nicht halb so geschickt und plumpste ins Korbinnere.

»Jetzt kann uns niemand sehen«, erklärte Chantine.

Sie hatte recht, solange sie nicht aufstanden, war es das perfekte Versteck.

»Wir sollten dennoch wieder aussteigen.« Er fühlte sich nicht wohl, weil sie etwas Verbotenes taten.

Doch Chantine legte ihm den Finger auf die Lippen. Ihr Blick wurde mit einem Mal so intensiv, dass er am ganzen Körper eine Gänsehaut bekam.

»Was hast du … vor?«, fragte er atemlos, obwohl er die Antwort längst erahnte.

Sie sagte nichts, lächelte nur, dann beugte sie sich plötzlich über ihn, und ihre Lippen lagen auf seinen. Ein süßer Geschmack breitete sich auf seiner Zunge aus, ließ ihn innerlich zittern.

Vorsichtig, aber auch bestimmend öffnete sie seine Lippen mit ihrer Zunge, die forsch in seinen Mund drang und sich an der seinen rieb. Ein merkwürdig feuchtes, aber sehr aufregendes Gefühl. Sein erster Kuss.

Und doch wurde er den Verdacht nicht los, dass Chantine mehr Erfahrung hatte als er und sie schon einmal geküsst hatte. Sie fingerte an seinem Hemd, öffnete die Knöpfe, und schließlich spürte er ihre heiße Hand auf seiner Brust. Er zischte leise.

»Nicht so laut«, flüsterte sie und kicherte. »Du willst doch nicht, dass man uns hört, oder?«

Eigentlich war ihm das egal. Alles fühlte sich mit einem Mal so unwirklich an, dass er ohnehin zu der Überzeugung gelangt war, er müsse sich in einem Traum befinden. Einem äußerst sinnlichen Traum.

Ihre Hand glitt über seinen Oberkörper, fuhr über seine Muskeln. Es war ein wundervolles Gefühl, und er verspürte den Drang, sich bei ihr zu revanchieren, doch noch hatte er Hemmungen. Er hob die Hand, führte sie zu ihren Brüsten, ließ sie dann aber wieder sinken.

»Ich würde es schön finden«, erklärte Chantine und

nahm seine Hand, legte sie auf ihr üppiges Dekolleté. Ihre Haut schien förmlich zu glühen.

Gregoire erschrak. Es brauchte einen Moment, bis er sich an diese Hitze gewöhnt hatte. Und er sah, wie sich ihre Brüste bei jedem Atemzug hoben und wieder senkten. Bildete er es sich nur ein, oder konnte er sogar ihren Herzschlag spüren?

Sie beobachtete ihn eine Weile, sichtlich amüsiert, und ihm dämmerte, dass sie auch in dieser Hinsicht bereits Erfahrungen gesammelt hatte.

Abermals griff sie nach seiner Hand, führte sie tiefer hinab. Sie würde doch nicht … Gregoire wagte es nicht, den Gedanken zu Ende zu denken. Er merkte schnell, dass sie genau das vorhatte, was er vermutete.

Vorsichtig zog sie ihre Röcke zurück und platzierte seine inzwischen schweißnasse Hand zwischen ihren Schenkeln. Was ihn dort empfing, veränderte ihn für alle Zeit. Er hatte nie einen schöneren Ort erblickt. Alles wirkte auf einmal perfekt. Die weiche Haut, die süßen kleinen Löckchen.

Sanft fing er an, sie zu streicheln, und er sah, wie kleine Tröpfchen ihre Löckchen benetzten.

Chantine legte den Kopf in den Nacken, schloss die Augen und seufzte leise. »Das ist wundervoll. Hör bitte nicht auf«, flehte sie. Und das hatte er auch nicht vor. Ganz im Gegenteil. Er streichelte sie, bis ihre Oberschenkel leicht zu zittern begannen. Es sah schön aus. Erregend.

Und seine Neugier erwachte gerade erst. Langsam beugte er sich vor, kam näher an sie heran, atmete ihren Duft ein, der so betörend war, dass er glaubte, jeden Moment den Verstand zu verlieren. Süßer als Rosen, intensiver als

Lilien. Er hatte nie etwas Vergleichbares gerochen. Dieser Duft war atemberaubend. Und nun wollte er wissen, wie sie schmeckte. Ob er es wagen konnte, sie dorthin zu küssen? Einfach so? Wenn sie dann wütend würde? Das würde doch alles zerstören.

Andererseits schien Chantine sehr offen zu sein. Vielleicht würde es ihr sogar gefallen, dort geküsst zu werden. Sie war ganz anders geworden. Aufregender. Sinnlicher. Seine Lippen berührten fast ihre Scham. Er meinte nun, ihren Geschmack auf der Zunge zu spüren. Aber etwas hielt ihn noch zurück. Wäre er doch nur erfahrener. Wenigstens so erfahren wie sie. Dann würde er nicht fürchten müssen, es zu verderben. Das war die schlimmste Vorstellung. Er würde es nicht ertragen, wenn die wundervolle Chantine, die ihn mit allen Sinnen ansprach, über ihn lachte.

Da griff sie plötzlich fordernd in seine Haare und zog sein Gesicht näher an sich heran. Gregoire war sprachlos, viel zu überrascht, aber ein wenig gefiel es ihm auch, dass sie die Initiative ergriff. Seine Lippen glitten über ihre Schamlippen, die sich herrlich weich und sehr heiß anfühlten. Vorsichtig leckte er über ihre Spalte, kostete von ihrem Quell. Was für ein sinnlicher Geschmack. Weiblich. Süß. Und dieser Duft! Er vernebelte seine Sinne.

Chantine fing plötzlich an, sich an ihm zu reiben. Gregoire konnte kaum glauben, was hier geschah. Aber es erregte ihn ungemein, dass sie ihn zu ihrem Vergnügen benutzte. Ihre Scham glitt über seinen Mund, auf und nieder. Da merkte er einen kleinen Widerstand, der immer wieder über seine Lippen strich.

Was war das nur? Es pulsierte heftig. Er versuchte es zu

erkennen. Dieses runde Etwas, das heftig pochte und heiß wie Lava war. Eine kleine Perle.

Einmal hatte er den Stallknecht und den Küchenjungen über diese Art von Perle sprechen hören. Sie hatten behauptet, dies sei das eigentliche Geheimnis der Frauen. Wenn man damit umzugehen wusste, würden sie einem zu Füßen liegen. Und erst jetzt begriff Gregoire, wie diese Jünglinge das gemeint hatten.

Ihre empfindsamste Stelle lag auf seiner Zunge, und es war nun an ihm, ihr die schönsten Gefühle zu bereiten. Gregoire hatte das ehrlich vor, denn er schätzte Chantine sehr. Mehr als das. Er wollte am liebsten für immer bei ihr sein. Jetzt sogar noch mehr, nachdem sie sich ihm auf so wundervolle Weise geöffnet hatte. Vorsichtig saugte er an ihrer Perle, die jetzt sogar noch heftiger pulsierte, so als hätte sie ein Eigenleben. Sie war so heiß, dass er fürchtete, sich die Zunge an ihr zu verbrennen.

Chantine stöhnte leise. Es war eine wundervolle Melodie. Er spürte jede noch so kleine Erschütterung in ihrem Körper, die er selbst auslöste. Er wurde wagemutiger, ließ seine Zungenspitze über die Perle gleiten, reizte sie immer mehr. Das Zittern in ihrem Körper wurde heftiger. Alles ging von diesem einen Punkt aus.

Und dann geschah es. Das Pulsieren in ihrer Perle breitete sich auf ihren Unterleib aus. Dieser bebte so heftig, als würde ein Vulkan in ihrem Inneren ausbrechen. Für einen Moment hörte er auf zu lecken, weil er zu erstaunt war. Da stieß sie ihren Finger in ihre Enge und schrie laut auf. Für wenige Sekunden spannte sich sichtbar alles in ihr an. So etwas hatte Gregoire noch nie erlebt. Fassungslos starrte er sie an, wartete, bis sie sich ganz plötzlich wieder entspannte. Es war der schönste Anblick, den er je gesehen hatte.

Sie lächelte ihn an. Dankbar. Liebevoll. »Das war wunderschön«, flüsterte sie. Er nickte nur. Noch immer sprachlos. Wunderschön war noch eine Untertreibung. Er hatte nie etwas Aufregenderes erlebt.

Aber dann fiel ihm ein, wo sie waren und dass womöglich jemand Chantines Schrei gehört haben könnte. Nicht auszudenken, wenn Monsieur LaMare das mitbekam, seine Tochter und ihn hier so vorfand. Vorsichtig lugte er über den Rand des Korbes und erschrak. Die Umgebung hatte sich verändert. Die Häuser waren verschwunden. Stattdessen sah er puderweiße Wolkenberge. »Das darf nicht wahr sein«, entfuhr es ihm, als ihm klarwurde, wo sie sich befanden. Irgendwie musste sich das Seil, das den Ballon gehalten hatte, gelöst haben. Viel wahrscheinlicher aber war, dass irgendwelche Strolche sie beobachtet und dann die Gewichte gelöst hatten, um ihnen einen Streich zu spielen. Gregoire und Chantine waren so mit sich selbst beschäftigt gewesen, dass sie das natürlich nicht mitbekommen hatten.

»Was ist denn los?«, fragte sie und wollte sich erheben, doch der Korb schwankte gefährlich, so dass sie sich an Gregoire festhalten musste.

»Ganz ruhig.« Er stützte sie.

»Was ist passiert? Wo sind wir?«, fragte sie und schaute ängstlich nach unten. »Das ... kann doch nicht sein!«

»Ich fürchte doch. Wir haben abgehoben.«

»Aber ... wie kommen wir denn jetzt wieder herunter?«

Eine Gruppe von Männern verfolgte sie durch die Straßen. Immer wieder zeigten sie nach oben, riefen ihnen etwas zu, aber sie waren zu weit weg, um sie zu verstehen. Außerdem nahm der Ballon erst jetzt so richtig Fahrt auf, so dass sie ihre Verfolger schnell abhängten.

»Wir fliegen in Richtung Wald, ich denke, dort wird sich der Ballon irgendwo festhaken«, mutmaßte Gregoire.

»Bist du dir sicher?«

Er zuckte hilflos mit den Schultern.

»Wie funktioniert bloß dieses Ding? Es hat ja nicht mal einen Anker.«

»Mit einem Anker an Bord wären wir gar nicht hier. Der wäre viel zu schwer gewesen und hätte den Korb am Boden gehalten.«

»Und wofür ist das hier?« Sie wollte am Brenner ziehen, aber Gregoire schaltete schnell und riss sie in seine Arme.

»Huch.«

»Verzeih ... ich ... wollte nur verhindern, dass du die Luft in der Hülle erwärmst. Der Ballon würde ... dann noch höher steigen.«

Sie lächelte. »Du verstehst die Mechanik dahinter? Das finde ich imponierend.«

Er ließ sie los, schaute verlegen zur Seite, aber Chantine hielt sich immer noch an ihm fest.

»Weißt du, da wir nun ohnehin hier festsitzen, könnte ich mich doch auch bei dir revanchieren.«

Sein Herz setzte für einen Schlag aus. Sie meinte doch nicht etwa ... Chantine griff nach seinen Händen und zog ihn herunter, so dass sie wieder im Korb saßen.

Dann deutete sie auf seine Culotte. »Ich will ihn sehen. Bitte.«

Die Hitze stieg Gregoire ins Gesicht. Er fühlte sich unbehaglich, dennoch konnte er ihr keinen Wunsch abschlagen. Hoffentlich würde er ihr gefallen. Mit zitternden Händen holte er ihn heraus. Die Erregung hatte längst dafür gesorgt, dass er zu seiner vollen Größe angewachsen war.

»Der ist schön«, stellte sie fest, und wieder wurde Gregoire das Gefühl nicht los, dass es nicht das erste Gemächt war, das sie sah. Der Gedanke störte ihn sehr. Wer war der Kerl, der sie vor ihm beglückt hatte? Mochte sie ihn?

Er wollte das nicht ansprechen, weil er fürchtete, die Stimmung zu verderben. Also sagte er nichts und beobachtete lediglich mit Anspannung, wie sich ihre Lippen langsam seiner Spitze näherten. Diese fing unwillkürlich an zu vibrieren, und er erschrak. Chantine kicherte. Dabei wusste sie doch längst, dass er keine Erfahrung hatte, dass für ihn all das hier neu war. Mit ihr gemeinsam erkundete er nicht nur ihren Körper, sondern auch seinen eigenen.

Chantine beobachtete jede seiner Regungen ganz genau. Sie hauchte nun einen sanften Kuss auf seine Eichel. Ihre feuchten Lippen setzten seine Lenden in Flammen, und Gregoire musste sich anstrengen, um nicht auf der Stelle zu kommen. Doch Chantine wurde nur noch grausamer. Ihre Lippen legten sich um sein Glied, glitten an ihm auf und ab, sorgten für Druck, den er nicht beherrschen konnte. Was tat sie ihm nur an? Er war ihr völlig ausgeliefert, der braven Chantine!

Nun, so brav war sie bei genauerer Überlegung nie gewesen. Als Kind war sie auf Bäume geklettert, hatte den Erwachsenen widersprochen. Ein Dickschädel, wie er im Buche stand. Diese Frau hatte ihren eigenen Willen. Aber das gefiel ihm. Sogar sehr. Es steigerte sein Verlangen nach ihr.

»Ich … ich …« Er konnte nicht mehr lange an sich halten. Das war einfach unmöglich. Er glaubte zu explodieren. Aber Chantine gab ihn zur rechten Zeit frei, und er spritzte ab. Völlig unkontrolliert.

»Tut … mir leid.«

»Das braucht es nicht. Ich bin glücklich, dass es dir gefallen hat.«

Sie schmiegte sich plötzlich an ihn, und das war sogar noch viel schöner. Ihr Körper war angenehm warm und weich. Er hauchte ihr einen schüchternen Kuss auf die Stirn.

»Ich möchte für immer durch die Wolken schweben. So wie jetzt«, sagte sie.

Ihm ging es nicht anders. Es war der glücklichste Moment seines Lebens. »Warum bleibst du nicht einfach auf Schloss Serment?«

»Das würde ich gerne, Gregoire.« Sie lächelte zärtlich, küsste ihn, während sie über das Land schwebten, dem Sonnenuntergang entgegen …

Gregoire schreckte aus seiner Erinnerung auf. Es war alles anders gekommen. Ihre Wege hatten sich getrennt. Wie er heute wusste, hatte sich LaMare einen anderen Schwiegersohn gewünscht. Und Chantine hatte sich ihm gebeugt, nicht für ihre Liebe gekämpft. Aber die wundervollen Gefühle, die sie ihm geschenkt hatte, die konnte er nicht vergessen. Und so machte er sich auf die Suche nach diesem Rauschgefühl, hoffte es im Schoß jeder Frau zu finden, die ihm begegnete. Ein hoffnungsloses Unterfangen. Keine war wie Chantine. Er hatte längst die Hoffnung aufgegeben, sie wiederzusehen, als das Schicksal sie an jenem Abend wieder zusammenführte, an dem er vergiftet worden war. Und jetzt sah es danach aus, als würde er sie abermals verlieren. Sie wollte ihn nicht wiedersehen. Das tat weh. Die Sehnsucht nach ihr brannte nur umso stärker in ihm …

*

»Guten Morgen!«, grüßte Dustin Reed mit einem Lächeln, das alles in dem Großraumbüro überstrahlte. Nichts und niemanden schien er in diesem Augenblick wahrzunehmen. Und sein Morgengruß galt allein Stella.

»Morgen, Mr Reed«, sagte Lizzy, doch er würdige sie keines Blickes, ging zum Aktenschrank hinüber, nahm sich ein paar Akten mit und verabschiedete sich wieder von Stella, die nicht wusste, wie sie reagieren sollte. Ein wenig geschmeichelt fühlte sie sich aber doch.

»Was ist denn mit unserem geschätzten Abteilungsleiter passiert?«, wunderte sich Lizzy. »Das war wohl gestern ein besonders schöner Abend, mh?«

»Kann schon sein.« Stella zwinkerte ihrer Freundin zu und setzte sich ihr Headset auf.

»Wieso bist du nur so verschlossen? Du weißt doch, wie gern ich Details höre.«

»Eben drum.«

Stella wollte nicht, dass irgendwelche Gerüchte im Büro aufkamen. Nicht, dass sie Lizzy nicht vertraute. Aber hier hatten die Wände Ohren. Was für einen Gentleman galt, sollte auch für Stella gelten. Genießen und schweigen.

»Ich muss ja erst mal die Mail öffnen. Ganz ruhig.«

»Ich bin so aufgeregt. Hoffentlich sagt er ja.«

Diesmal nahm sie sich mehr Zeit, um Dustins Nachricht zu lesen. Grundsätzlich schien er einverstanden, auch wenn er sie zwischen den Zeilen wissen ließ, dass er sich eigentlich etwas anderes erhofft hatte.

Im Grunde reagierte er so, wie Stella es erwartet hatte. Aber ein Okay war ein Okay.

»Er ist einverstanden«, sagte Stella, um Lizzy nicht noch länger auf die Folter zu spannen.

»Großartig. Dann sage ich gleich mal Jack Bescheid.« Ihr Kunde wurde kurzerhand aus der Leitung geworfen.

Sie öffnete ihr E-Mail-Programm, und noch vor der Mittagspause bekam sie auch Jacks Zusage. Es versprach ein interessanter Abend zu werden. Doch erst mal lag noch ein Haufen Arbeit vor ihnen, der bewältigt werden musste. Keine leichte Aufgabe, vor allem dann nicht, wenn man mit den Gedanken ganz woanders war. Stella konnte sich jedenfalls kaum konzentrieren und war heilfroh, als sie gegen 17 Uhr endlich Feierabend machen konnten. Ausnahmsweise eine halbe Stunde früher, um noch mal nach Hause zu fahren und sich in Schale zu schmeißen. Doch die Tatsache, dass gleich zwei Mitarbeiterinnen früher aufbrechen wollten, weckte das Misstrauen der anderen Angestellten.

»Das ist ja interessant«, zischte Lästerschwester Nummer eins. »So früh schon Feierabend?«

»Warum nicht. Ich habe genug Überstunden zum Abbummeln«, rechtfertigte sich Stella und packte ihre Sachen zusammen. Gegenüber dieser Person verspürte sie seltsamerweise immer den Drang, sich rechtfertigen zu müssen, obwohl sie das eigentlich gar nicht nötig hatte.

»Überstunden? Na, die entstehen doch wohl nur durch das viele Schnattern«, meldete sich Lästerschwester Nummer zwei zu Wort.

»Sucht ihr Schwestern Streit? Könnt ihr haben. Ich bin heute richtig in der Stimmung zum Zoffen«, mischte sich nun Lizzy ein, die sonst zahm wie ein Lämmchen war. Doch wenn es um diese Lästerweiber ging, fuhr sie gern die Krallen aus. Das hatte sie schon mehr als einmal bewiesen.

»Schon gut, reg dich ab, Anderson. Ist halt nur merkwürdig, dass ihr beide heute gleichzeitig Feierabend macht. Und das auch noch eine halbe Stunde früher als üblich. Kommt uns seltsam vor. Aber was wissen wir schon, wir haben ja schließlich keine Connections zum Boss.«

»Was soll denn das schon wieder heißen?« Die beiden hatten doch hoffentlich keinen Verdacht, was Stella und Dustin betraf.

Lästerschwester Nummer eins legte den Kopf schief und schürzte die Lippen. »Das ist nicht zu übersehen gewesen, dass Mr Reed nur Augen für ganz bestimmte Angestellte hat.«

»So ist das mit dem Vitamin B«, fügte die Nummer zwei aus dem Lästerduo hinzu. »Entweder man hat's, oder man hat's nicht, mh?«

»Das ist mir hier echt zu blöd, komm, lass uns gehen, Lizzy.«

»Du hast völlig recht. Wir haben ja heute Abend noch was Besseres vor.«

Gesagt, getan. Sollten sich diese Tussis doch schwarzärgern. Mit denen ging niemand aus, da war sich Stella sicher.

Zwei Stunden später trafen sich die beiden Pärchen in dem exquisiten Tanzlokal Mambo Mamba, das Jack ausgesucht hatte. Zum Glück verstanden sich die beiden Männer auf Anhieb, wenngleich sie völlig unterschiedliche Typen waren. Jack, der wiedererwachte Draufgänger, der Rock'n'-Roll liebte, in seiner Jugend mit seiner Band auf Tour gegangen war, mit Lizzy als seinem Groupie im Gepäck, und der eher ernste, stets souverän auftretende Dustin, der wahrscheinlich sogar Schlafanzughosen mit Bügelfalte trug.

»Setzen wir uns doch erst mal«, schlug Jack vor, nachdem sich alle miteinander bekannt gemacht hatten.

»Ich gehe mich noch mal eben frisch machen. Kommst du mit, Stella?«, fragte Lizzy und eilte schon voran.

»Ich gehe gleich zurück«, versprach sie Dustin.

»Keine Eile. Wir haben Zeit«, erwiderte dieser und nahm neben Jack Platz.

Stella holte Lizzy rasch ein.

»Ist alles in Ordnung, das kommt ja einer Flucht gleich.«

»Nein, alles bestens. Ich finde es super, dass wir zusammen ausgehen.« Lizzy verschwand in der Kabine, während sich Stella im Spiegel betrachtete.

Sie sah zufrieden aus. Aber war sie auch tatsächlich zufrieden? Das mit Dustin ging doch etwas schnell. Und wurde für ihren Geschmack auch viel zu schnell ernst. Lizzy hatte ihn Jack bereits als Stellas Freund vorgestellt, woraufhin Dustin nicht widersprochen hatte. Und Stella selbst hatte ihn nicht brüskieren wollen. Sie musste aufpassen, dass man sie in dieser Sache nicht überging. Sonst fand sie sich schneller in einer Beziehung wieder, als ihr lieb war.

Ein kühler Wind strich über ihre freie Schulter, ließ sie frösteln. Stella blickte zum Fenster und stellte überrascht fest, dass es verschlossen war. Jetzt streichelte etwas dieselbe Stelle. Es fühlte sich an wie die Berührung durch eine kalte Hand. Erschrocken drehte sich Stella um, aber hinter ihr war niemand. Was war das?

Lizzy betätigte die Spülung und kam aus der Kabine, wusch sich die Hände. Sie hatte offenbar nichts bemerkt.

»Du siehst ja aus, als hättest du ein Gespenst gesehen«, stellte sie fest, als sie Stella näher betrachtete. In der Tat, sie war ganz blass geworden.

»So etwas in der Art«, bestätigte sie. Konnte es sein, dass Gregoire hier war? Das war unmöglich!

»Komm, halt dir mal die Handgelenke unter das Wasser, das hilft«, schlug Lizzy vor und drehte den Hahn nochmals auf. Stella folgte dem Rat ihrer Freundin. Nach und nach kehrte die Farbe in ihr Gesicht zurück. Aber das Gefühl, die Hand würde nach wie vor auf ihrer Schulter liegen, blieb.

*

Gregoire stand hinter Stella, doch die junge Frau konnte ihn nicht sehen, wohl aber hatte sie seine Gegenwart gespürt, weil er es so gewollt hatte. Akreas dämonische Energien hielten ihn am Leben. Er war dazu in der Lage, diese Kräfte in einem gewissen Rahmen für sich zu nutzen. Aber mit jedem Gebrauch dieser Macht riskierte er auch, dass Akrea dies spürte und er dadurch aufflog.

»Lass uns zu den anderen zurückgehen«, sagte die junge Frau, die Stella Lizzy nannte, und öffnete die Tür. Stella folgte ihr nach draußen. Auch Gregoire trat hinaus in diesen seltsamen Laden, in dem ohrenbetäubende Musik aus riesigen Boxen dröhnte und grelle Lichter blitzten.

Eigentlich hatte er sich von ihr fernhalten wollen, aber das war unmöglich gewesen. Stella beherrschte sein Fühlen und Denken. Umso grausamer war es für ihn, sie nun in Begleitung ihres menschlichen Verehrers zu sehen. Dustin Reed.

Von diesem Mann ging nichts Gutes aus. Gregoire konnte es nicht in Worte fassen, was es war, doch er unterschied sich von den anderen auf eine Weise, die ihn beunruhigte. Jedes Wesen hatte eine eigene Aura. Die Aura dieses Mannes war düster. Sehr düster sogar. Aber das bemerkte Stella nicht. Wie hätte sie auch? Gregoire musste diesen Kerl im Auge behalten.

Die beiden Frauen setzten sich zu ihren Begleitern, die sich, ganz Gentlemen, erhoben und für die Damen die Stühle zurückzogen. Manche Dinge änderten sich eben nie. Gregoire setzte sich auf den fünften, leeren Stuhl und lauschte den Gesprächen, wenngleich ihn diese belanglosen Unterhaltungen kaum interessierten. Es ging um die Arbeit, um die Wirtschaft, sogar um Politik, aber nichts davon hatte noch einen Wert für ihn.

Ein Kellner nahm ihre Bestellungen auf. Dann sprang Lizzy plötzlich auf und reichte ihrem Begleiter die Hand. »Darf ich bitten?«

»Gern.« Jack erhob sich und führte Lizzy zu der völlig überfüllten Tanzfläche. Die Diskomusik der Siebziger schallte von allen Seiten zu ihnen herüber. Es dauerte nicht lange, da waren Jack und Lizzy in der Menge verschwunden.

»Nettes Paar«, sagte Dustin.

»Ja, sie haben ihre Aufs und Abs.«

»Du kennst die beiden schon länger?«

»Eine Ewigkeit. Ich habe die beiden sogar zusammengebracht. Und durch Lizzy habe ich den Job bei A-Key bekommen. Sie hat mir gesagt, dass eine Stelle frei wird, und ich habe mich gleich beworben.«

»So war das also.«

Sie lächelte diesen Lackaffen an. Das machte Gregoire rasend. Sah sie denn die Gefahr nicht? Oder existierte die Gefahr lediglich in seinem Kopf? Ein Eifersuchtskonstrukt? Stella gehörte ihm! Am liebsten hätte er diesen Kerl am Kragen gepackt, aufs Parkett gezogen und zum Duell gefordert. Aber er konnte sich nicht vor aller Augen sichtbar machen. Das würde zu viele Fragen aufwerfen. Womöglich würde sogar Panik ausbrechen. Noch dazu war er an gewisse Regeln gebunden. Die Menschen durften nicht von seiner oder Akreas Existenz erfahren. »Wollen wir vielleicht auch tanzen?«, fragte Dustin.

Stella schüttelte zum Glück den Kopf. »Ich bin keine gute Tänzerin. Ich habe zwei linke Füße.«

»Das glaube ich nicht. Das sagen doch alle Frauen über sich.«

»Bei mir stimmt es aber.«

Wenn Stella wüsste, wie sie das Tanzbein in den Zwanzigern geschwungen hatte. Aber daran konnte sie sich nicht erinnern. Wie an so vieles nicht.

Der Kellner brachte die Getränke. Stella schnappte sich ihren Cocktail und steckte sich den Strohhalm in den Mund.

»Born to be alive« dröhnte jetzt aus den Boxen.

»Ich kann dich wirklich nicht überzeugen?«, hakte Dustin noch einmal nach.

»Später vielleicht.«

Offenbar durch ihre Fast-Zusage ermutigt, ergriff Dustin ihre Hand, streichelte diese sogar. Und Stella ließ es zu! Sie warf ihm einen scheuen Blick zu, lächelte verlegen. Die Zeichen waren eindeutig. Da bahnte sich etwas an. Etwas, was nicht sein durfte. Er musste es verhindern. Mit voller Wucht trat er gegen das Bein des Stuhls, auf dem Dustin saß. Ihm war es in diesem Moment egal, ob Akrea Energien aus seiner Richtung verspürte oder er seine Tarnung gefährdete.

Das Stuhlbein knackte laut, und Dustin kippte mitsamt dem Stuhl nach hinten. Stella schrie erschrocken auf, stürzte zu ihm.

»Ist alles in Ordnung?«, fragte sie besorgt.

Dustin rappelte sich mühsam auf, gleich einer Schildkröte, die auf dem Rücken lag, untersuchte den Stuhl und hielt ihr das durchgebrochene Bein entgegen.

»Das tut mir sehr leid. Wir entschuldigen uns in aller Form. Die Getränke gehen selbstverständlich aufs Haus«, erklärte der herbeigeeilte Kellner.

»Schon gut, kann ja mal vorkommen.«

»Komm, setz dich, hier ist noch ein Stuhl«, sagte Stella und führte ihn zu Gregoires Stuhl.

»Was ist denn passiert?«, wollte nun auch Lizzy wissen, die mit Jack im Schlepptau gerade zurückgekommen war.

»Morscher Stuhl«, sagte Stella nur und wischte Dustins Anzug sauber.

»Es ist alles in Ordnung«, versicherte Dustin.

Nichts war in Ordnung! Gregoire hatte alles nur noch schlimmer gemacht. Jetzt sorgte sich Stella auch noch um diesen geschniegelten Schönling. Verachtete Gregoire ihn, weil Dustin ihn an sein jüngeres Ich erinnerte? Möglicherweise erkannte auch Stella die Ähnlichkeit? Vielleicht fühlte sie sich deshalb zusehends mehr zu ihm hingezogen? Es war zum Verrücktwerden!

Zum Glück verging der Abend recht schnell und endete früh. Die Wege der beiden Pärchen trennten sich, doch Stella bestand darauf, Dustin nach Hause zu bringen, weil sie sich immer noch Sorgen um ihn machte.

Bei seinem Sturz hatte er sich offenbar den Kopf angeschlagen. Nun sah sie sich in der Pflicht, sich um ihn zu kümmern. Gregoire machte das rasend. Er wusste genau, worauf es dieser Kerl abgesehen hatte. Er war allzu leicht zu durchschauen, und Gregoire musste intervenieren. Irgendwie.

*

Die Wohnung von Dustin Reed konnte sich sehen lassen. Ein schickes Apartment im Dachgeschoss, modern eingerichtet und mit einem wunderschönen Blick über die Stadt.

»Möchtest du noch etwas trinken?«, fragte er und nahm Stella die Jacke ab, hängte sie an den Haken.

»Nur einen Tee, wenn es dir nichts ausmacht.«

»Nein, gar nicht. Kommt sofort. Nimm doch schon mal Platz.« Er verschwand in der Küche, während sich Stella auf die weiße Designerledercouch setzte. Die Einrichtung in diesem Loft sah sehr teuer aus. Keine zehn Minuten später stellte Dustin die dampfende Tasse vor sie hin, setzte sich neben sie und lehnte sich zurück.

»Wie geht es deinem Kopf?«, fragte sie. Die Beule war nicht zu übersehen. Wie merkwürdig, dass ausgerechnet Dustin den kaputten Stuhl erwischt hatte. Sie musste an die kühle Hand auf ihrer Schulter denken, die sie berührt hatte. Auch während der Fahrt hatte sie sich irgendwie verfolgt, zumindest beobachtet gefühlt. Wahrscheinlich war das nur Einbildung. Dennoch blieb das Gefühl, selbst hier, in diesem Raum. Misstrauisch schaute Stella sich im Zimmer um, doch es war niemand zu sehen. Nicht einmal ein Schatten.

»Alles bestens«, versicherte Dustin und berührte die Beule, doch sie tat offenbar stärker weh, denn er zischte auf. »Okay, es ist auszuhalten«, korrigierte er sich.

»Vielleicht tust du einen Eisbeutel drauf?«, schlug sie vor, aber er winkte ab.

»Der Abend ist doch recht schön, findest du nicht?«

Der abrupte Themenwechsel überraschte sie, dennoch musste sie zustimmen. Das Sofa stand dem Panoramafenster gegenüber, so dass sie einen wunderbaren Blick auf die Skyline von New York bei Nacht hatten. Ein buntes Lichtermeer. Ein fernes Hupen.

»Eine wirklich schöne Wohnung.«

»Ich bin gerade erst eingezogen. Vor ein paar Wochen. Wegen des Jobs«, erklärte er. Ja, richtig. Er hatte ihr die heißbegehrte Stelle vor der Nase weggeschnappt. Aber das zählte jetzt nicht mehr. Stella wurde in diesem Moment klar, dass sie Dustin mochte. Sehr sogar. Sie fühlte sich wohl in seiner Gegenwart. Und sie hatte erkannt, dass er ein Mensch mit zwei Gesichtern war, der Privates und Berufliches strikt trennte. Der private Dustin war ein anziehender, attraktiver Mann, mit dem sie gern zusammen war, der sie zum Lachen brachte. Ein Mann aus Fleisch und Blut.

Plötzlich verspürte sie den Wunsch, seine Lippen zu kosten. Und just in dem Moment blickte er sie an, als hätte er ihre Gedanken erraten. Ein Leuchten lag in seinen Augen. Es verriet, dass er dasselbe empfand wie sie. Sein Lächeln war wunderschön. Rasch nahm sie einen Schluck vom Tee, verbrannte sich fast die Zunge.

»Vorsichtig«, sagte er sanft und nahm ihr die Tasse aus der Hand, stellte sie auf den Tisch zurück. »Mache ich dich nervös?«

»Ja«, gab sie zu, und sie überlegte ernsthaft, ob sie heute Nacht vielleicht hierbleiben sollte.

*

»Mache ich dich nervös?« Gregoire hätte diesem Schönling am liebsten den heißen Tee ins Gesicht geschüttet. Wie selbstverliebt das klang. Schlimmer, es klang vor allem nach ihm selbst! Seinem alten Ich, das er verabscheute. Dieser Mann war auf keinen Fall der Richtige für eine Frau wie Stella, die Niveau und Klasse hatte! Wieso fiel sie bloß auf diesen Kerl rein? Wütend lief er auf und ab, für die beiden immer noch unsichtbar. Er konnte das nicht länger mit ansehen. Er musste etwas unternehmen. Bevor Stella einen Fehler beging.

In dem Moment näherten sich ihre Münder, und Gregoire blieb wie angewurzelt stehen, sah zu, wie ihre Lippen sich berührten. Erst war der Kuss scheu, fast unschuldig, dann jedoch wurde er fordernder. Dustins Hand glitt in Stellas Haar, er zog sie näher zu sich, fast sah es aus, als wollte er sie gänzlich verschlingen.

Angewidert wandte sich Gregoire ab. Ihre vielen Inkarnationen waren Beziehungen zu anderen Männern eingegangen, das hatte er immer gewusst. Doch das hatte nichts an ihrer Verbundenheit geändert. Dustin Reed hingegen war für dieses Band eine Gefahr, die gebannt werden musste. Unwillkürlich ballten sich seine unsichtbaren Hände zu Fäusten. Ein Stöhnen erklang. Es war sinnlich, weiblich, weckte seine Sehnsucht und Begierde. Als er sich umdrehte, hatte Dustin längst seine Hand unter ihre Bluse geschoben. Das ging zu weit!

Stella ließ sich zurückfallen, während Dustin sich auf sie legte. Schon war seine andere Hand an seinem Gürtel. Der Kerl ließ wirklich nichts anbrennen. Aber Stella schien nur allzu bereit, sich ihm hinzugeben. Wie konnte sie nur? Nach allem, was sie gemeinsam durchgestanden hatten? Aber daran erinnerte sie sich natürlich nicht.

Gregoire wusste nicht, was er tun sollte. Er wollte das nicht sehen, er konnte aber auch nicht gehen und die beiden sich selbst überlassen. Wut stieg in ihm hoch. Wut, die schwer zu beherrschen war. Es brodelte tief in seinem Inneren.

»Leck mich«, flüsterte sie erregt.

Gregoire verlor die Kontrolle. Eine Explosion erschütterte das Zimmer, ließ die Wände wackeln. Das Panoramafenster zersprang. Gregoire hatte keine Ahnung, wie er das angestellt hatte. Doch sein Körper bebte ebenso stark wie das Gebäude.

Stella schrie auf, duckte sich unter Dustin hervor, der mit angstgeweiteten Augen zu dem Fenster sah. »Was geht hier vor sich?«

»Ein Erdbeben!«

»In dieser Gegend?«

Es war schon vorbei. Gregoire fühlte sich erleichtert, während Stella sich zu dem zersplitterten Fenster vorwagte. Sie nahm eine Scherbe in die Hand, untersuchte diese und schnitt sich versehentlich.

»Autsch«, zischte sie.

Schon war Dustin zur Stelle, wollte ihr das Blut abwischen, aber sie zog ihre Hand zurück. »Ich sollte besser gehen«, sagte sie.

»Was? Es könnte gefährlich sein, jetzt rauszugehen, wenn es wirklich ein Erdbeben war«, gab er zu bedenken.

»Ich muss … es … tut mir leid.«

»Soll ich dich fahren?«

»Nein, nein. Es geht schon, ich nehme mir ein Taxi. Tut mir leid, das mit deiner Wohnung.«

Dustin lachte. »Schöne Scheiße, ja. Aber das ist doch nicht deine Schuld.«

»Seltsamerweise fühlt es sich aber so an.« Sie zuckte mit den Schultern, schnappte sich dann ihre Jacke und stürzte aus der Wohnung, rannte die Treppe hinunter.

Vielleicht hatte sie jetzt endlich begriffen, dass dies kein Traum, kein Spuk war. In Windeseile reiste er in ihre Wohnung, um sie zu empfangen. Doch als sie schließlich dort eintraf, mit verweinten Augen und zerzausten Haaren, sich völlig erschöpft und zugleich aufgelöst in ihren Sessel fallen ließ, wusste Gregoire, dass er zu weit gegangen war, und fühlte sich miserabel.

Er war zu einem Monster geworden. Selbst jetzt noch spürte er diese dunkle Energie in sich, die ihn überhaupt erst zu dieser Tat getrieben hatte. Ja, es war sein Ziel gewesen, sie zu ängstigen, ihr klarzumachen, dass sie sich besser an seine Spielregeln hielt. In ihm war etwas erwacht, was sehr mächtig war, und gefährlich. Für ihn und für Stella.

Er wollte, dass sie ihn liebte, so wie früher. Aber fürchten sollte sie ihn nicht. So konnte er ihr nicht mehr unter die Augen treten. Gregoire blickte sie noch einmal an, dann entschwand er.

*

»Ihr hattet recht, Meisterin. Gregoire hat das Mädchen von damals, Stella Lancaster, erneut aufgesucht.«

»Ich habe es geahnt. Die ganze Zeit. Und ich habe die Erschütterungen gespürt, die von ihm ausgingen. Etwas hat ihn in Rage gebracht.«

»Es tut mir leid, dass ich keine besseren Nachrichten für Euch habe.«

Dulac stolzierte neben Akrea her durch den Thronsaal des Schlosses. Sie liebte seine erhabene Gestalt und seine Loyalität, und die Tatsache, dass er stets die Haltung zu wahren versuchte.

»Was hat sie an sich? Weshalb ist ihm dieses Menschenweib so wichtig?« Sie war blind gewesen, hatte die Wahrheit nicht sehen wollen. Welch Ironie!

»Er ist ihr gefolgt, aber jetzt ist er in Euer Schloss zurückgekehrt.«

»Er ist wieder hier?« Selbst das hatte Akrea nicht mitbekommen. Die Sache ging ihr offenbar stärker an die Nieren, als sie gedacht hatte. »Ich danke dir, mein Agent. Du darfst dich zurückziehen.«

Er neigte sein Haupt, dann war Dulac auch schon verschwunden. Es war gut, einen Mann wie ihn an der Seite zu haben. In ihrer Welt war es töricht, Vertrauen allzu schnell zu verschenken. Aber Dulac hatte sich mehr als einmal als nützlich erwiesen. Außerdem waren sie ein Bündnis eingegangen, durch das sie beide profitierten, sofern sie sich an die Regeln hielten. Dulac war zudem ein ausgezeichneter Liebhaber. Vielleicht hätte sie sich mit ihm zufriedengeben sollen?

Aber sie begehrte Gregoire. Das hatte sie vom ersten Moment an getan. Im 18. Jahrhundert waren sie sich begegnet. Ein Zufall. Akrea hatte sich damals gern unter den Menschen bewegt. Das Rokoko und seine entzückende Verspieltheit hatten es ihr angetan, obgleich sie sich sonst gar nicht so sehr für menschliche Bräuche interessierte.

Gregoire hatte in ihr ein einfaches Mädchen gesehen und sie verführt. Zumindest glaubte er, dass er dies getan hatte. Die Wahrheit war, Akrea hatte sich bereitwillig verführen lassen, weil er in ihr etwas geweckt hatte, was ihr bis dahin unbekannt gewesen war. Ein Begehren. Ein Kribbeln. Etwas, was sie daran erinnerte, lebendig zu sein.

Er hatte die Feuer in ihr geweckt. Sie beherrscht. Und das tat er sogar heute noch. Keinen anderen Menschenbegehrte sie mehr.

Sie wollte ihn. Sein Herz. Es war ein Kampf. Er sollte ihr unterliegen, er sollte ihre Liebe erwidern.

Doch Stella Lancaster stand ihrem Triumph im Weg. Aus einem Grund, den Akrea nicht nachvollziehen konnte, war Gregoire dieser Frau verfallen. Diese Sache musste endlich ein Ende haben. Auch wenn es bedeutete, Stella für immer zu vernichten. Nur so konnte sich Gregoire von ihr lösen. Und dann wäre er endlich frei für sie. Akrea musste noch einmal mit Dulac sprechen. Es würde enden. Schon bald. Und Gregoire würde sich entscheiden müssen.

*

Stellas Hände zitterten, als sie ihren Laptop einschaltete. Sie hatte Gregoires Spiegelbild im Fenster von Dustins Apartment gesehen, kurz bevor dieses zersprungen war. Ob es wirklich ein Erdbeben gewesen war?

Die Verbindung zum Internet war schnell hergestellt. Sie suchte nach News-Seiten, die aktuell über die Katastrophe berichteten, doch sie fand keine Mitteilung dazu. Es schien fast, als hätten nur Dustin und sie diese Erschütterungen gespürt.

Schweiß perlte ihr über die Stirn, während sich ihre Gedanken verselbständigten.

Was, wenn er doch existiert? Wenn das alles kein Traum ist? Sie gab den Namen »Gregoire de Serment« noch einmal ein und startete eine weitere Suche. Wie auch schon bei ihrem ersten Suchlauf fand sie überraschend viele Webseiten, die in irgendeiner Art mit diesem Namen in Verbindung standen. Sie hatte wahrlich nicht die Zeit, jede dieser Seiten anzuklicken, deshalb wechselte sie zur Bildersuche. Und gleich das erste Bild verschlug ihr regelrecht die Sprache, weil es sich um ein erotisches Foto aus den 1920er Jahren handelte, auf dem eine leicht bekleidete Frau zu sehen war, die in den Armen eines ihr nur allzu vertrauten Mannes lag.

Ohne jeden Zweifel war dies ihr Gregoire. Sie erkannte sein Gesicht wieder. Er sah genauso aus wie immer. Doch wie war das möglich? Hätte er nicht inzwischen uralt sein müssen, wenn er in den 1920ern ein junger Mann gewesen war?

»Das kann doch nicht sein«, murmelte sie. Sie klickte das Foto an und vergrößerte es, so dass sie nun alle Einzelheiten erkennen konnte. So seltsam es auch klang, doch die Szene, diese Frau, alles auf dem Bild kam ihr mit einem Mal merkwürdig vertraut vor.

Sie schüttelte sich. Diese Gedanken machten ihr Angst. Noch mehr machte ihr jedoch die Vorstellung Angst, Gregoire könne hier sein. Unsichtbar. Sie beobachten. Vielleicht ein neues Erdbeben auslösen.

»Gregoire, bist du hier?«, rief sie in die Stille hinein. Aber er antwortete ihr nicht. Und dann stürzten Bilder auf sie ein. Bilder, die sie nicht fortwischen konnte. Sie drängten sich ihr auf, rüttelten an ihrem Verstand. Es war ein nicht enden wollender Sturm. Bilder aus anderen Zeiten. Bilder, die ihr dennoch vertraut waren. Und dann hörte sie eine Stimme …

»Es ist ein schöner Abend, nicht wahr?«

Cecile Armond drehte sich um. Sie hatte nur eine Zigarette im Garten rauchen wollen und hatte nicht gemerkt, dass ihr einer der Gäste nach draußen gefolgt war. Ein attraktiver Mann mit einem verführerischen Lächeln und den schönsten Augen, die sie je gesehen hatte. Ein Gefühl von Vertrautheit überkam sie, dabei war sie sich sicher, dass sie sich nie zuvor begegnet waren. An einen Mann wie ihn würde sie sich sonst erinnern.

»Feuer?«, fragte er und zündete ein Streichholz an.

Sie steckte sich ihre Zigarette bei ihm an und nahm erst einmal einen tiefen Zug. »Ich danke Ihnen.«

Eigentlich wollte sie jetzt allein sein, über den bevorstehenden Deal mit Antoine Onan nachdenken. Er wollte aus ihr einen Star machen. Doch seiner Meinung nach musste sie eine gewisse Vorarbeit leisten, um erst einmal ins Gespräch zu kommen. Man hatte sie vor Onan gewarnt. Auch davor, welchen Deal er den meisten Mädchen anbot, die wie sie Schauspielerin werden wollten.

»Ich bin Gregoire de Serment, das andere Model«, stellte der junge Mann sich vor. »Das heißt, solltet Ihr auf das Angebot von Monsieur Onan eingehen.«

Der Mann hatte eine seltsame Ausdrucksweise. Als käme er aus einer anderen Zeit. Aber wer hatte heutzutage keine Marotten? Vor allem in diesem Business?

»Sie wissen von dem Angebot?«, fragte Cecile erstaunt.

»Gewiss. Ich bin Euer Partner. Antoine möchte Fotos von einem Pärchen machen. Hat er Euch das nicht gesagt?«

»Nein, um ehrlich zu sein, das hat er nicht.« Das änderte einiges. Sie wollte doch keine anzüglichen Fotos von sich machen lassen, auf denen auch noch ein Mann zu sehen war. Was sollten die Leute von ihr denken? Das würde ihrer Karriere nicht förderlich sein, sondern sie zerstören.

»Ich halte das für eine ausgezeichnete Idee«, sagte Gregoire.

»Das kann ich mir vorstellen. Sie werden sich denken können, dass ich das anders sehe.«

»Weil Ihr die Möglichkeiten, die sich Euch danach öffnen, noch nicht bedacht habt. Es wäre in der Tat ein mutiger Schritt. Doch wenn man es richtig macht, wird niemand daran Anstoß nehmen. Man wird sich, im Gegenteil, fragen, wer diese aufregende Frau auf dem Foto ist. Mich würde es nicht überraschen, wenn dadurch sogar der eine oder andere Filmproduzent auf Euch aufmerksam würde.«

»Sicherlich würde ich auffallen. Doch das muss nichts Positives sein. Ob mir ein Filmproduzent nach solchen Fotos eine Rolle anbietet, wage ich zu bezweifeln.«

»Weil Ihr, verzeiht mir, nicht über den Tellerrand blickt.« Er kam näher, nahm galant ihre Hand in seine, führte sie, als wollte er mit ihr tanzen.

»Was tun Sie denn da?« Sie wollte sich von ihm lösen, tat aber stattdessen gar nichts, vergaß sogar einen weiteren Zug an ihrer Zigarette zu nehmen.

»Ich rücke Euch ins rechte Licht. Versteht, wenn man es wie Kunst aussehen lässt, nur Eure Schönheit beleuchtet, so wird ein jeder entzückt sein.«

»Sie haben offenbar eine äußerst hohe Meinung von Onan.« Sie lachte. Sie hatte doch schon Fotos von Onan gesehen. Er war kein schlechter Fotograf. Mitnichten. Aber dass er ein herausragender Künstler wäre, würde sie nun auch nicht behaupten.

»Ich werde Onan unterstützen, ihm dabei helfen, Euch strahlen zu lassen«, versicherte Gregoire.

»Sie haben also die Kenntnisse?«

»Gewiss. Ich habe schon berühmten Künstlern über die Schulter geschaut. Es wird ein Kinderspiel für mich. Ihr müsst mir nur vertrauen.«

»Wenn es weiter nichts ist.« Sie warf ihre Zigarette auf den Boden und trat sie aus.

»Bedenkt, ich werde auch auf dem Foto sein. Mein guter Ruf steht ebenso auf dem Spiel.«

»Einem Mann verzeiht man eine solche Eskapade leicht.«

»Nicht, wenn das Foto für die Ewigkeit festgehalten wird. Aber wenn Ihr mir vertraut, mache ich Euch auf eine ganz besondere Weise unsterblich.«

Das klang durchaus verführerisch. Und der Mann mit der seltsamen Ausdrucksweise erweckte durchaus den Eindruck, er wisse, wovon er sprach.

»Na schön, Monsieur de Serment. Sie haben mich so weit. Ich bin neugierig geworden. Wie genau stellen Sie sich das Foto vor? Wie soll es mich in das rechte Licht rücken, wenn es doch so eine verruchte Ausstrahlung hat.«

»Dies will ich Euch gern erklären, Cecile. Aber nicht hier.«

»Warum nicht hier?«, wunderte sie sich.

»Weil ich Euch zeigen muss, was ich meine. Und dies geht nur an einem ungestörten Ort.«

Cecile lachte. Ein ungestörter Ort? Wo sie allein waren. Nur zu zweit. Mann und Frau. Sie ahnte, was dieser Ganove vorhatte.

Seltsamerweise schreckte es sie nicht ab. Im Gegenteil, seine Vorgehensweise imponierte ihr sogar. Er war ein interessanter Mann, und sie war nur zu neugierig, wie es weiterging, wenn sie tatsächlich diesen ungestörten Ort aufsuchten.

»Wo soll dieser Ort sein?«

»Rein zufällig habe ich ein Zimmer hier im Haus.«

»Tatsächlich, ein beeindruckender Zufall.«

Er grinste. »Es ist tatsächlich nur ein Zufall, mehr nicht. Das versichere ich Euch, Cecile. Wenngleich ich zugeben muss, dass nicht alles zu erklären ist, und manchmal auch das Schicksal seine Hände im Spiel hat.«

»So wie bei unserer Begegnung meinen Sie?«

Er lächelte geheimnisvoll. »Folgt mir, Mademoiselle Armond. Ihr werdet es nicht bereuen.«

Sie zögerte. Etwas in ihr wollte ihm mit aller Kraft widerstehen, weil sie instinktiv spürte, dass hier etwas nicht mit rechten Dingen zuging. Aber sein Charme, sein interessantes Äußeres und diese besondere Aura, die ihn umgab, ließen sie schwach werden. Cecile Armond glaubte an das Übersinnliche. Nur zu oft suchte sie ihre Wahrsagerin auf, ließ sich die Karten legen oder deutete die Sterne. Und dieser Mann strahlte Übersinnlichkeit aus. Langsam legte sie ihre Hand in seine.

Er nickte ihr zu. War es wirklich die richtige Entscheidung gewesen?

Sie schritten am Ballsaal vorbei, wo gerade der Charleston gespielt wurde, gingen die Treppe hinauf in den ersten Stock, wo sich sein Zimmer befand, das, wie es der Zufall wollte, direkt über dem Ballsaal lag, so dass sie die Musik auch hier hören konnten. Viel zu viele Zufälle auf einmal.

Cecile staunte, als sie die Kamera in seinem Zimmer bemerkte. »Sie sind also Fotograf? Jetzt sagen Sie mir nicht, Sie wollen das Foto gleich schießen. Ohne Onan. Das würde ihn wütend machen, glauben Sie mir.« Vor allem war die Frage, wie er hatte wissen können, dass sie mit ihm gehen würde. Es schien, als hätte er bereits alles für das Foto vorbereitet. Ein Schauer jagte ihr über den Rücken, und ihre Vermutung, dass Monsieur de Serment übersinnlich war, verstärkte sich. Zwischen Himmel und Erde gab es weit mehr, das hatte sie immer gewusst.

»Das ist nur eine Attrappe, außerdem will ich doch auch auf das Foto. Wir brauchen also Onan.«

Sie war erleichtert. Onan auszuschließen hätte nur noch mehr Schwierigkeiten bedeutet.

»Und wozu brauchen wir eine Attrappe?«

»Zum Üben.« Er legte sein Jackett ab. Knöpfte das blendend weiße Hemd auf.

»Was tun Sie denn da?«, rief Cecile empört und war drauf und dran, sich die Augen zuzuhalten. Auf die Idee, einfach das Zimmer zu verlassen, kam sie jedoch nicht.

»Das, was Ihr auch tun solltet. Wir wollen doch üben, schon vergessen?«

»Ich habe nicht zugestimmt, mit Ihnen zu üben.«

»Ihr wollt ein atemberaubendes Foto, das Euch Tür und Tor in die Filmwelt öffnet. Dafür müsst Ihr jedoch etwas tun.«

»Sie sind ein Schlawiner. Halten Sie mich für so einfältig, dass ich auf diese Tricks hereinfalle?« Langsam wurde offensichtlich, was Monsieur de Serment tatsächlich vorhatte. Cecile schüttelte den Kopf. Dennoch war immer noch diese kleine Flamme in ihr, die nicht vergehen wollte, sondern immer wieder aufloderte, ein sinnliches Prickeln zwischen ihren Beinen entfachte. Sie konnte diese Flamme nicht ersticken. Je mehr sie es versuchte, umso wilder züngelte sie.

»Es ist kein Trick, Mademoiselle. Ich verspreche es. Ich werde nichts tun, was Euch nicht behagt.«

»Wie wollen Sie denn wissen, was mir behagt und was nicht?«

Er kam abermals näher, so nah, dass sie nun seinen heißen Atem auf ihren Wangen spürte. »Ich fühle es«, sagte er schlicht.

Aber diese Worte verstärkten das Prickeln, machten es schier unerträglich. Seine Hand glitt unter den Träger ihres Kleides, hob ihn an, streifte ihr ihn dann sanft über die Schulter. Eine Gänsehaut bildete sich auf ihrem Arm. Gregoire hauchte Küsse darauf. Einen nach dem anderen. Und hinterließ eine brennende Spur.

»Sie sollten damit aufhören«, flehte Cecile. Aber sie hatte nicht die Kraft, sich ihm zu widersetzen.

Sein Lächeln verriet, dass er genau wusste, was in ihr vorging. Aber wie war das möglich? Und wieso hatte sie das seltsame Gefühl, ihm schon einmal begegnet zu sein? Vor langer Zeit?

»Wollt Ihr das wirklich?«

»Was?«, fragte sie atemlos, weil sie anfing, die Küsse zu genießen, die er nun zwischen ihre Finger setzte.

»Dass ich aufhöre, Euch zu küssen.« Er zwinkerte.

Sie presste die Hände gegen seine Brust und löste sich aus seiner Umarmung. Was tat sie hier eigentlich? Was war nur mit ihr los? Sie erkannte sich selbst nicht wieder.

»Ich sollte wirklich gehen. Es war eine dumme Idee, hierherzukommen.«

»Das war es nicht«, beharrte er und riss sie abermals in seine Arme. Es ging so schnell, dass sie nichts dagegen tun konnte. Und als sie nun seine kräftigen Arme um ihren Körper spürte, brach ihr letzter Widerstand.

Sie fixierte seine Lippen, spürte diese starke Anziehungskraft und reckte sich ihm entgegen. Seine Lippen umschlossen ihre, und schon im nächsten Augenblick fand sie sich auf seinem Bett wieder, er auf ihr. Sein Körper bebte. Vor Lust, vor Verlangen. Das konnte sie sehr genau spüren.

Doch es war anders als das Begehren der anderen Männer, mit denen sie geschlafen hatte. Und das waren mehr, als sie gern zugab. Gregoire verströmte Leidenschaft. Sie sah Sehnsucht in seinen Augen, die so tief ging, dass sie unbegreiflich wurde, zumal sie sich doch gerade zum ersten Mal begegnet waren.

Vorsichtig zog er ihr das Kleid über den Kopf, achtete darauf, es nicht zu zerreißen, dann hauchte er süße Küsse auf ihre Brustwarzen, die sich ihm entgegenreckten, sich lustvoll aufrichteten, weil sie seine heiße Zunge ersehnten.

»Ich habe noch eine Überraschung für Euch«, verkündete er und deutete ihr an, die Augen zu schließen. »Nicht schummeln.«

»Nein«, versprach sie und schmunzelte. Da hörte sie, wie er die Schublade seines Nachtschränkchens aufzog und etwas herausholte. Gleich darauf spürte sie etwas Kühles, das zugleich klebrig war, an ihrem Bauchnabel, den er damit füllte. Darauf tauchte er seine Zunge in ihren Nabel und stöhnte leise.

»Was ist das für eine Überraschung?«, fragte sie nun, neugierig geworden.

»Ich werde es Euch vorführen. Aber Ihr dürft dennoch nicht gucken.«

»Na schön, ich lasse die Augen zu.« Das Bett wippte unter seinen Bewegungen. Jetzt hockte er neben ihrem Kopf, und obgleich sie sich an die Abmachung hielt, die Augen geschlossen ließ, nahm sie doch Bewegungen in Form von Schatten wahr. Er hielt etwas über sie. Es landete auf ihren Lippen, fühlte sich weich an.

»Jetzt dürft Ihr kosten.«

Sie leckte sich vorsichtig über die Lippen. Es konnte schließlich alles Mögliche sein. Doch als sie den Geschmack auf ihrer Zunge spürte, musste sie doch lächeln. Honig. Er hatte ihren Körper mit Honig eingerieben. Das war doch ebenfalls geplant gewesen! Wie hatte er nur wissen können, dass sie mit ihm gehen würde? Oder hatte er einfach nur hoch gepokert? Was immer es auch war, es fing an, ihr zu gefallen.

Sie öffnete die Augen, beobachtete, wie er den süßen Honig auf ihren Brüsten verteilte, ihn darauf wieder ableckte. Seine Zunge umschlängelte ihre Brustwarzen, strich erst über die rechte, dann über die linke, bis sie glühten. Sein Gesicht glänzte golden, und als er sich über sie beugte, um sie zu küssen, gierte sie auch nach dem süßen Honig. Seine Zunge tauchte in ihren Mund, bereitwillig teilte er den Geschmack mit ihr.

Es war aufregend. Verrucht, aber auch sehr sinnlich. Sie spreizte die Beine, erwartete ihn, und er nahm die Einladung mit einem Lächeln an. Zärtlich streichelte er ihre Scham, zog dann seine Hose aus, um sein Glied zu befreien und es auf ihre Enge auszurichten.

Und als er sanft in sie drang, so schien es, verstärkte er das Band, das auf unerklärliche Weise zwischen ihnen bestand, nur noch mehr. Sie hatte das Gefühl, eins mit ihm zu werden, zu verschmelzen. Kein Mann hatte je solch tiefe Empfindungen in ihr erzeugt. Es war wie im Traum. Ein Rausch, der nicht enden wollte. Nicht enden sollte!

Ihr Körper drängte dem seinen entgegen, verfiel in seinen Rhythmus. Er bewegte sich auf ihr, langsam, schneller, dann noch schneller. Das Bett wackelte, knarrte. Würde es zerbersten? Doch das war im Moment egal.

Cecile zog ihn an sich, so dass er auf ihr lag, während er sie wild liebte. Sie wollte ihm in diesem wunderbaren Moment so nah wie möglich sein. Ihre Münder flossen ineinander. Erneut schmeckte sie den süßen Honig, ein Hochgenuss. Und während er tiefer und tiefer in sie drang, spürte sie ihre Verbundenheit immer intensiver.

Für den Bruchteil einer Sekunde sah sie ihn in einem Stall mit einer anderen Frau, doch diese Frau war sie selbst. Es war ein tiefes Wissen in ihr. Der Name Jennifer hallte in ihren Ohren wider. Und noch ein zweiter, bedeutsamerer. Chantine. Erst im nächsten Augenblick wurde ihr gewahr, dass dies gar nicht ihre eigenen Gedanken oder Erinnerungen waren, sondern die seinen. Wie konnte sie fühlen, was er fühlte?

Die Gefühle drohten sie zu übermannen. Cecile stöhnte auf. Laut. Ihr Körper bebte, vibrierte mit seinem. Er ergoss sich in ihr, blieb keuchend auf ihr liegen. Sie glaubte, nicht nur ihr eigenes Nachglühen zu spüren, sondern auch das seine. Es war intensiv, bedeutsam. Wie dieser Moment.

Gregoire rollte sich mit ihr zur Seite, so dass sie in seinen

Armen zu liegen kam. Sein Lächeln war wundervoll, zum Träumen.

Da wusste Cecile, dass sie keine Angst vor dem Foto haben musste. Sie wusste, dass sie bei ihm in guten Händen war. Er würde aufpassen, dass Onan sie nicht übers Ohr haute. Gregoire war ihr übersinnlicher Beschützer. Der schon immer bei ihr gewesen war, sich ihr nur nicht gezeigt hatte.

Stella schreckte aus ihren Gedanken. Das war doch alles verrückt! Sie war Stella Lancaster. *Nur* Stella Lancaster!

Allmählich zweifelte sie ernstlich an ihrem Verstand und überlegte, ob sie sich Lizzy anvertrauen sollte. Ihre Freundin wusste doch immer Rat. Aber es war spät. Konnte sie Lizzy wirklich um diese Uhrzeit noch anrufen? Vielleicht wäre es besser, bis morgen zu warten? Nein, das konnte sie nicht. Die Sache brannte ihr zu sehr unter den Nägeln, so dass sie nach dem Telefonhörer griff und ihre Freundin entgegen allen Vorsätzen anrief. Doch die ging nicht ran. Stella erinnerte sich, dass Jack und Lizzy einen besonders schönen Abend miteinander verbracht hatten. Es war wohl abzusehen, dass dieser Abend noch nicht zu Ende war …

*

Nachdem sie das Lokal verlassen hatten, hatten Lizzy und Jack noch einen Abendspaziergang gemacht.

Es war fast wie früher. Jack hatte ihr den Arm um die Schultern gelegt, um der Welt zu zeigen, dass sie zusammengehörten. Er war so viel aufmerksamer geworden. Das alles nur, weil er sich endlich getraut hatte, ihr von seinen geheimen Leidenschaften zu erzählen. Plötzlich gab es wieder so viel mehr zwischen ihnen. Auch auf der zwischenmenschlichen Ebene.

»Die beiden sind doch ein schönes Paar, findest du nicht?«

»Dustin und Stella?« Er nickte. Sonst hatten ihn derartige Dinge nicht interessiert, doch er nahm jetzt wieder wichtig, was sie zu sagen hatte. Lizzy konnte ihr Glück kaum fassen.

»Er passt gut zu Stella«, bestätigte er. »Scheint ein ordentlicher Kerl zu sein.«

»Sie hat es auf jeden Fall verdient, nach dieser Pleite mit Manuel.« Lizzy verspürte regelrechte Wut, wenn sie an diesen Mistkerl dachte, der Stella hintergangen hatte. Aber Dustin schien es ernst zu meinen. Das war gut! Stella brauchte endlich wieder eine Konstante in ihrem Leben. Genauso wie sie.

»Sieh mal da vorne, ist das nicht der Parkplatz, wo wir ...«

Sie brauchte gar nicht zu Ende zu sprechen, Jack wusste sofort, was sie meinte. Er lachte leise. »Daran habe ich auch gerade gedacht.«

Es war der Parkplatz, auf dem sie sich das erste Mal geliebt hatten. Sie waren damals verabredet gewesen, hatten ins Restaurant gehen wollen, aber dann hatte es wie aus Kübeln geschüttet und sie waren im Auto geblieben. Eins war dann zum anderen gekommen, und aus einem romantischen Abend war eine leidenschaftliche Nacht geworden. Lizzy hatte in letzter Zeit oft an diese erste Nacht denken müssen. Sie war etwas Besonderes gewesen. Damals hatte sie sich unsterblich in Jack verliebt. Und auch heute liebte sie ihn noch genauso innig wie am ersten Tag.

Sie schlenderten Arm in Arm über den Parkplatz, der sich in all den Jahren kaum verändert hatte. Direkt daneben lag ein kleiner Park, der um diese Uhrzeit menschenleer war. Zielstrebig hielt Jack auf den Park zu und weckte dadurch Hoffnungen in ihr. Er hatte doch nicht vor, das Erlebnis von damals zu wiederholen? Nur statt im Auto wollte er sie im Park verführen? Bei der Vorstellung fing es heftig zwischen ihren Beinen an zu prickeln.

Jack blickte auf sie herunter und lächelte verheißungsvoll. Er war ihr nie größer oder athletischer erschienen. Sie schaute zu ihm hoch, nickte kaum merklich, und dann zog er sie einfach ins Gebüsch.

Lizzy schrie vor Schreck leise auf, doch zum Glück war niemand in der Nähe, der ihren Schrei hätte missverstehen können. Schon spürte sie Jacks Hände überall an ihrem Körper. Er zog ihr die Hose herunter, knöpfte ihre Bluse auf, befingerte ihre Brüste, indem er ihr den BH einfach abriss. Sie spürte seine wachsende Gier, das sich steigernde Verlangen. Und dies weckte ihre eigene Lust.

Sie ließ sich auf den Rücken fallen. Das Adrenalin pumpte so wild durch ihren Körper, dass sie die kleinen Steine und winzigen Stöckchen in ihrem Rücken gar nicht wahrnahm. Jack beugte sich über sie, küsste sie.

Seine Lippen wanderten von ihrem Mund über ihr Kinn, saugten sich an ihrem Hals fest, als wäre er ein Vampir, der ihr das Blut entziehen wollte. Zugleich knetete er ihre Brüste, wog sie in seinen Händen, während sie seinen Gürtel geschickt öffnete und auch ihm die Hose auszog. Sogleich sprang ihr sein mächtiges Glied entgegen. Es wirkte riesig, viel größer als sonst, und wippte anzüglich.

Sie wollte von seiner Manneskraft kosten, sie in ihrem Mund spüren, fühlen, wie er in ihr wuchs, vor Leidenschaft pulsierte. Also öffnete sie den Mund, deutete ihm an, wohin er seinen Schwanz versenken sollte, aber Jack schien etwas ganz anderes im Schilde zu führen.

»Du bist unersättlich«, stellte er amüsiert fest, drehte sich dann auf ihr herum, so dass sein Gesicht zwischen ihren Beinen lag. Sie spürte seinen heißen Atem an ihrer Scham. Sein Finger tauchte überraschend in sie. Lizzy erzitterte. Ein Stück weit drang er in sie ein. Aber dann zog er sich zu ihrem Leidwesen viel zu schnell wieder aus ihr zurück.

Sie war feucht. Und mit jedem Augenblick, der verging, wurde sie nur noch erregter. Sein Becken hob sich leicht an, und sein Schwanz zielte auf ihre Lippen. Lizzy lachte leise. Also durfte sie doch von ihm kosten. Ihr Herz klopfte vor Freude. Sie öffnete den Mund, und ganz langsam und behutsam drang er in sie. Sie spürte, wie er in ihr größer wurde, und mit ihrer Zungenspitze konnte sie tatsächlich die Adern auf seiner Vorhaut erspüren.

Jack blieb derweil nicht untätig. Seine Zunge schob sich in sie wie kurz zuvor sein Finger. Sie schnellte rein und wieder heraus. Ein unbeschreibliches Gefühl. Sie war wie elektrisiert, aber noch weit davon entfernt zu kommen.

Fest schloss sie ihre Lippen um seinen Schaft, baute Druck auf, um ihm die schönsten Gefühle zu bereiten.

Die Vibration seines Unterleibs ging auch auf ihren über. Jack war ein Zungenkünstler, immer schneller und tiefer tauchte er seine Zunge in sie. Dann leckte er über ihre Spalte, und als er dabei ihren Kitzler fand, konzentrierte er sich nun einzig auf ihre Lustperle. Lizzy stöhnte lustvoll auf. Und laut. Sehr laut sogar. Aber in diesem Moment fiel ihr ein, wo sie sich befanden und dass sie jederzeit von einem nächtlichen Spaziergänger entdeckt werden konnten.

Sie hatte völlig vergessen, wo sie eigentlich waren. Das Gebüsch, hinter dem sie lagen, bot einen gewissen Schutz. Doch die Laute der Lust waren nicht zu überhören, denn es war ansonsten geradezu gespenstisch still an diesem Abend.

Jack schien das nicht zu kümmern. Vielleicht war er sich dieser Gefahr aber auch nicht bewusst.

»Sei mal leise«, flüsterte sie aufgeregt und gab dabei seinen Schwanz kurz frei, weil sie glaubte, Schritte zu hören. Tatsächlich. Da kam jemand. Jetzt merkte es auch Jack. Er hielt inne, lauschte angestrengt, genauso wie sie.

Jemand ging durch den Park. Und dieser Jemand hatte sie bestimmt gehört. Ganz in ihrer Nähe blieb er stehen. Hatte er sie etwa auch entdeckt? Lizzy wollte vor Scham am liebsten im Boden versinken, aber zum Glück ging der Mann dann doch weiter. Es dauerte eine Weile, ehe er gänzlich aus ihrem Blickfeld verschwunden war.

Jack wollte gleich weitermachen, schon waren seine Lippen wieder in ihrer Scham versunken, aber Lizzy war nun viel zu verschreckt.

»Was, wenn er wieder zurückkommt?«

»Warum sollte er?«

»Weil er vielleicht ein Spanner ist?«

»Dann wäre er doch gar nicht erst weggegangen.« Jack lachte leise und widmete sich wieder ihrer Lustperle.

»Jetzt sei doch mal ernst, Jack. Mir ist das unangenehm. Der hat uns bestimmt gehört.«

»Und wenn schon!«

Lizzy war nicht zufrieden, dass er das alles auf die leichte Schulter nahm.

»Glaubst du, wir sind die Ersten, die jemals im Gebüsch erwischt wurden?«

Die Frage überraschte sie. Sie schüttelte den Kopf.

»Na, siehst du. Wir werden auch nicht die Letzten sein. Lass uns den Abend genießen, ja? Ich habe mich schon die ganze Zeit auf das hier gefreut.«

»Hast du das wirklich?«, fragte sie überrascht. Es war so ungewohnt, solche Worte aus seinem Mund zu hören.

»Aber ja. Seit wir das Lokal betreten haben und du in diesem scharfen Outfit vor mir standest.«

Lizzy freute sich über das Kompliment. Sie hatte ihn auch scharf machen wollen. Dennoch hatte sie jetzt Hemmungen.

Langsam strich seine Zunge über ihre Perle, legte ihre empfindsamste Stelle frei, die sogleich heftig zu prickeln begann. Die steigende Erregung senkte ihre Hemmschwelle. Jack wusste ganz genau, welche Knöpfe er bei ihr drücken musste, um an sein Ziel zu gelangen.

»Vergiss den Kerl, konzentrier dich auf uns«, flüsterte er in einer kurzen Atempause.

Jack hatte ja recht. Ihr konnte es doch egal sein, was die Leute dachten. Im Schutz der Dunkelheit würde man sie noch nicht mal erkennen.

Bereitwillig nahm sie ihn wieder auf, leckte über seinen Schaft, der erneut vibrierte, als stünde er unter Strom.

Jacks Zunge trieb sie zum Höhepunkt, und Lizzy stöhnte laut auf. Sollten sie doch die Nachbarn hören. Es war ihr gleich. In diesem Moment zählten nur Jack und sie.

Ihm kam es gleich darauf, und sie nahm sein Geschenk entgegen. Diese Nacht war noch wundervoller als die aufregende Nacht, in der sie sich zum ersten Mal hier geliebt hatten. Damals war alles neu und dadurch aufregend gewesen. Jetzt war es gerade die Vertrautheit, das Gefühl, den anderen schon ewig zu kennen, das sie gänzlich erfüllte.

*

Akrea trat ein. Sie klopfte nicht an. Das tat sie nie, denn sie brauchte sich nicht an solche Konventionen zu halten. Nicht in ihrem Reich. Gregoire lag in seinem Bett. Er tat, als würde er schlafen, aber er konnte sie nicht täuschen. War es dumm, weiterhin zu hoffen, sein Herz würde die andere vergessen und sich ihr zuwenden? Was musste sie tun, damit Gregoire sie endlich als Frau wahrnahm?

»Schläfst du, Gregoire?«, fragt sie sanft und setzte sich zu ihm. Er reagierte nicht. Vorsichtig zog sie die Decke ein Stückchen zurück, so dass sein nackter Körper offenbar wurde. Was für ein hinreißender Anblick. Seine Haut schimmerte samtig im fahlen Licht des Mondes. Und sie fühlte sich angenehm weich an, obgleich sie harte Muskeln spürte. Er war der einzige Mann, der es je vermocht hatte, Begehren in ihr zu wecken. Echtes Begehren, das über körperliche Lust hinausging. War er sich dessen je bewusst gewesen? Wenn es so war, so war es ihm gleich gewesen.

Wie undankbar Menschen sein konnten. Sie hatte ihn gerettet. Hatte er es ihr je gedankt? Nicht wirklich.

»Gregoire, ich weiß, dass du wach bist.« Sie strich ihm

eine Strähne aus dem Gesicht. Wie wunderschön es aussah. Markant, aber doch puppenhaft und perfekt. Die feinen Züge eines Aristokraten.

Langsam drehte er sich um, öffnete die Augen nur einen Spalt, blinzelte. Er war ein perfekter Schauspieler.

»Gregoire, ich muss mit dir sprechen.«

»Meisterin? Wie spät ist es?«

»Du hast doch gar nicht geschlafen.« Sie schmunzelte. Fast tat er ihr leid, weil er so schrecklich naiv war. »Du hast an sie gedacht.«

»Wovon sprecht Ihr?«

»Von Stella Lancaster natürlich.«

Für einen kurzen Moment blitzte der Schrecken in seinen Augen auf. Aber dann fiel er in seine Rolle zurück. »Ich weiß nicht, wovon Ihr sprecht.«

»Es kann so nicht weitergehen, Gregoire. Ich habe mir Gedanken gemacht. Viele Gedanken.«

Er fuhr sich mit einer Hand über die Stirn, massierte diese. »Gedanken?«

»Und ich bin zu einem Schluss gekommen, der dir nicht gefallen wird.«

»Das klingt nicht gut.«

»Ja. Aber deswegen bin ich hier. Um es mit dir zu besprechen. Ich möchte fair zu dir sein. Du hast mir gute Dienste erwiesen, wenngleich du nie mit dem Herzen so dabei warst, wie ich es mir gewünscht hätte.«

»Wollt Ihr mich in die Verbannung schicken?« Er wirkte nervös. Wahrscheinlich war ihm bewusst, was Verbannung bedeuten würde. Mit einer Verbannung würde sie ihn nicht nur aus dem Schloss jagen und somit auch aus ihrem

Reich, sondern er würde zum Freiwild werden, für all die Dämonen, die dort draußen lauerten.

»Ganz ruhig, Gregoire. Es gibt keinen Grund zur Sorge.« Sie streichelte ihm die Wange. »Dir wird nichts geschehen. Ich gebe dich nicht auf.«

Er würde bei ihr bleiben. Wie alle anderen auch, die ihr dienten. Aber Stella Lancaster musste verschwinden. Sie war der Keil zwischen ihnen, der verhinderte, dass ihre Liebe erblühte. Akrea hatte gehofft, ohne diese Maßnahme auszukommen, aber nun war sie an den Punkt gelangt, an dem es kein Zurück mehr gab.

»Stella muss vernichtet werden«, sagte sie ruhig.

Entsetzen zeichnete sich auf Gregoires Gesicht ab. Blankes Entsetzen, das sich in Horror verwandelte. Und wie sie es erwartet hatte, schrie er in einem Anfall aus Zorn und Verzweiflung auf, erhob sogar die Hände gegen sie. Akrea lachte, sie brauchte nur einmal zu schnipsen, und feurige Fesseln bildeten sich um seine Handgelenke, rissen ihn in das Bett zurück und hielten ihn unter Kontrolle.

»Was habt Ihr mit Stella vor?«, rief er verzweifelt. Seine Angst um sie machte Akrea rasend.

Dieses Mädchen bedeutete ihm entschieden zu viel. Sie zog die Flammenfesseln fester um seine Handgelenke, und er schrie auf. Sie sah Schmerz in seinen Augen. Aber das genügte ihr nicht.

»Ich werde mich um Stella Lancaster kümmern. Persönlich. Das hätte ich schon damals tun sollen, als du ihr wie ein schwanzwedelnder Hund nachgelaufen bist. Vielleicht erlaube ich dir zuzusehen, wenn sie ihrem Schicksal begegnet.«

»Tut ihr nichts, ich flehe Euch an, Akrea. Ich werde alles tun, was Ihr von mir verlangt, nur verschont sie.«

»Alles, was ich verlange?« Akrea lachte bitter auf. »Ich habe nur eins von dir verlangt. Aber du hast dich von mir abgewandt. Du selbst hast das Schicksal dieses Mädchens bestimmt.«

»Bestraft sie nicht wegen mir, bestraft mich stattdessen. Ich trage die Schuld, das habt Ihr selbst gesagt.«

»Aber auf dich möchte ich nicht verzichten, Gregoire. Das musst du verstehen.«

Sie wandte sich zufrieden von ihm ab. Seine Pein war ihr Genugtuung.

»Wo wollt Ihr hin?«, rief er ihr nach. »Ich flehe Euch an. Lasst uns darüber reden. Wir finden eine Einigung. Das verspreche ich Euch.«

»Du hast mir schon zu viel versprochen, mein hübscher Freund. Jetzt ist es an der Zeit, dass ich handle. Es ist alles in die Wege geleitet.«

»Bitte geht nicht, bitte wartet. Hört mich an, Akrea!«

Aber dazu hatte sie keine Lust mehr. Sie schloss die Tür hinter sich, ließ ihn allein. Jetzt brauchte sie Dulac. Er würde das ausführende Organ sein. Und Stella würde ihm vertrauen, mit ihm gehen. Es war zu einfach.

*

Wer störte denn um diese Uhrzeit? Stella Lancaster lag längst im Bett, als jemand um zwei Uhr morgens Sturm läutete. Hoffentlich war nichts Schlimmes passiert. Schlaftrunken schleppte sie sich zur Tür und blickte durch den

Spion. Dustin Reed stand vor ihrer Tür. Was wollte er denn hier?

Sie öffnete ihm rasch und ließ ihn ein. »Dustin? Ist alles in Ordnung?«, fragte sie besorgt.

Er wirkte gehetzt. Als würde ihn jemand verfolgen.

»Ich … das klingt jetzt ziemlich dumm. Aber ich … konnte einfach nicht schlafen.«

»Das tut mir leid. Und da du nicht schlafen konntest, dachtest du dir, ich soll es auch nicht?« Sie fühlte sich wie gerädert. Die letzten Nächte waren nicht gerade erholsam gewesen.

»Das kommt der Wahrheit durchaus nah. Denn der Grund, warum ich nicht schlafen kann, bist du.«

Stella verstand nicht, was er meinte. Wahrscheinlich lag es an der Müdigkeit.

»Ich musste dich unbedingt noch mal sehen«, gab Dustin zu.

»Aber wir sehen uns doch morgen, auf der Arbeit.« Sie lachte. Irgendwie war es ja auch ganz süß, dass Dustin sie offenbar so sehr vermisste, dass er um zwei Uhr morgens zu ihr kam.

»Ich sagte ja, es klingt sicher merkwürdig. Jetzt hältst du mich für verrückt. Aber das Risiko musste ich eingehen.«

»Verrückt, ach was. Nur ein klein wenig. Komm, zieh deine Schuhe aus und häng die Jacke auf.« Es ging ihr für ihren Geschmack zwar ein kleines bisschen zu schnell, aber sie vertraute Dustin und hatte nichts dagegen, wenn er über Nacht blieb.

»Das geht nicht«, erwiderte er jedoch zu ihrer Überraschung. Es wirkte, als sei er auf dem Sprung. Als wollte er gleich wieder gehen. Obwohl er doch gerade erst gekommen war, ihretwegen, wie er gesagt hatte.

»Ich brauche eigentlich nur eine Umarmung«, gestand er.

Bedrückte ihn etwas? Es hörte sich an, als bräuchte er Trost. Stella lächelte. Sie wäre die Letzte, die jemandem Trost verweigern würde. Also breitete sie die Arme aus und schmiegte sich eng an ihn.

Sie merkte gleich, er hatte Fieber, denn er verströmte eine Hitze, die ihr den Atem raubte. »Bist du krank?«, fragte sie und blickte zu ihm hoch. Doch sein Gesicht wirkte starr, fast maskenhaft, sie erkannte ihn nicht wieder. Ihr Magen zog sich zusammen. Hier stimmte etwas nicht. Das war nicht ihr Dustin.

Erschrocken wollte sie sich aus seinem Griff befreien, sich losreißen, aber er hielt sie fest. Ein widerliches Grinsen bildete sich auf diesen fremdartigen Zügen.

»Lass mich los!«, schrie sie ihn an, doch er ignorierte ihr Flehen.

»Was soll das, was willst du von mir?«

»Ich will dich«, sagte er kalt und fuhr mit der Hand über ihre Augen. Stella wusste nicht, was er gemacht hatte, doch plötzlich sah sie nur noch verschwommen. Es flirrte, flimmerte, verstärkte die Panik.

»Lass mich in Ruhe!« Der Boden unter ihren Füßen gab nach. Dann wurde ihr schwarz vor Augen. Doch nur für einen Moment.

Als sie die Augen wieder öffnete, war sie nicht mehr in ihrer Wohnung. Ein kalter dunkler Raum lag vor ihr. Steinmauern. Erdrückende Finsternis, lediglich erhellt vom spärlichen Licht einer einzelnen Fackel. Dustin war fort und sie allein. Wo war sie? Wo hatte er sie hingebracht?

Das Herz schlug ihr bis zum Hals. Ihr Verstand konnte nicht verarbeiten, was ihre Augen sahen, und für einen winzigen Moment fürchtete sie, verrückt zu werden. »Hallo?«, rief sie ins Dunkel hinein. »Hallo? Kann mich jemand hören?«

Keine Antwort.

»Das ist Entführung und Freiheitsberaubung, das ist dir hoffentlich klar, Dustin!«

Keine Reaktion.

Etwas sagte ihr, dass sie nicht mehr in ihrer Welt war. Und dass Dustin nicht der war, der er vorgegeben hatte zu sein. Tränen traten ihr in die Augen, während sie sich mit zitternden Händen an der Steinwand hochzog. Sie wollten ihr Angst einjagen, sie mürbe machen. Aber sie würde sich nicht einschüchtern lassen.

Langsam arbeitete sie sich zu der Tür vor, in der sich ein vergittertes Fenster auf Augenhöhe befand. Sie spähte hindurch, entdeckte einen weiteren Steinsaal, ein paar Fackeln, überall hingen Ketten, und sie sah auch Zellen. Kerkerzellen. So musste es in den Gefängnissen im Mittelalter ausgesehen haben.

Plötzlich schob sich ein fremdes Gesicht vor das kleine Fenster, und zwei wild funkelnde Augen starrten sie an. Stella erschrak derart, dass sie zurücktaumelte und einen Schrei ausstieß.

Vor der Tür grunzte etwas, dann war das Gesicht wieder verschwunden. War das ein Mensch gewesen? Sie zitterte wie Espenlaub. Nein, wie ein Mensch hatte dieses Wesen nicht ausgesehen. Aber was war es dann gewesen? Sie sank in sich zusammen. Hier gab es nicht einmal ein Bett, keine Decke. Es war eiskalt. Und sie hatte Angst.

»Sagt mir doch wenigstens, was ihr von mir wollt«, flehte sie, doch erneut bekam sie keine Antwort. Dunkelheit legte sich schwer auf ihr Gemüt. Alles schien verloren.

Stella glaubte, sie würde nie mehr das Tageslicht sehen. War sie womöglich tot und wusste es nur nicht? Jetzt liefen ihr die Tränen übers Gesicht, brannten heiß auf ihrer Haut. Sie fühlte sich schrecklich allein. Hilflos. Sie wünschte, Greg wäre bei ihr. Er würde gewiss wissen, was zu tun ist.

»Greg«, hauchte sie in die erdrückende Stille hinein. »Wenn du mich irgendwie hören kannst, bitte hilf mir.«

Stella kauerte sich zusammen, versuchte ein möglichst kleines Angriffsziel abzugeben. Sie würde nicht mehr nach Hause zurückkehren, das wusste sie. Aber sie wollte überleben. So lange wie möglich.

»Es ist Zeit zu gehen«, grunzte das Wesen vor der Tür plötzlich und öffnete sie. Eine grauenhafte Gestalt kam herein und packte Stella gegen ihren Willen.

*

Die Flammenfesseln brannten sich in sein Fleisch. Gregoire kämpfte gegen den sengenden Schmerz und gegen Akreas Macht an, doch die Meisterin behielt mühelos die Oberhand, entzog ihm seine Kräfte, während die Flammen mit jedem Augenblick, der verging, höher züngelten.

Gregoire hatte jegliches Zeitgefühl verloren. Niemand

ließ sich blicken. Weder Akreas Diener noch die Meisterin selbst. Er hatte es aufgegeben, nach ihr zu rufen. Aber nun, da er hier lag, spürte er plötzlich eine Veränderung in dieser Welt, die sein Zuhause war. Eine andere Präsenz, die vertraut war, die ihn stärkte.

»Chantine«, flüsterte er ins Nichts. Aber das war nicht möglich. Chantine war ein Mensch. Sie konnte nicht hier sein. Es war eine Täuschung, Akrea versuchte ihn zu schwächen. Und doch fühlte sich diese Präsenz unbeschreiblich echt an. Er fühlte ihre Angst, ihre Verzweiflung. Sie rief ihn. Was für ein boshafter Trick.

Da ging plötzlich die Tür auf, und Akrea und Dulac kamen herein. Beide wirkten äußerst zufrieden. Wie er diese Fratzen verabscheute. Er hätte ihnen am liebsten ins Gesicht gespuckt, aber das hätte seine Situation nur noch verschlimmert. Akrea war zu mächtig. Man begehrte nicht auf gegen sie. Man unterwarf sich.

»Mein lieber Gregoire, wie ich sehe, ahnst du es schon längst.«

»Wovon sprecht Ihr?« Seine Stimme überschlug sich fast. Er wünschte und hoffte, dass diese Präsenz nicht Stellas war. Denn wenn sie tatsächlich hier war, in Akreas Reich, konnte es nur in einer Katastrophe enden.

Akrea lachte. »Ich werde dich losbinden und es dir zeigen.« Ein Fingerzeig genügte, und die Flammenfesseln lösten sich auf. Gregoire war frei, konnte seine Arme endlich wieder bewegen. Brandnarben hatten sich um seine Handgelenke gebildet. Sie schmerzten immer noch. Aber das war ihm jetzt egal.

»Folge mir«, sagte Akrea und schritt voran. Dulac wartete,

bis Gregoire sich mühselig aufgerappelt und den Raum verlassen hatte, dann folgte er ihm, so dass Gregoire zwischen ihnen eingekeilt war.

»Du wirst dich sehr freuen«, flötete die Meisterin, und in ihrer Stimme schwang Schadenfreude mit. Natürlich erwartete ihn eine böse Überraschung. Die Frage war nur, wie böse sie war.

Sie führten ihn durch einen Gang, an dessen Ende eine einzelne Tür lag. Nie zuvor war er in diesem Bereich des Schlosses gewesen.

Dulac öffnete die Tür und winkte ihn herein. Gregoire folgte der Aufforderung, spürte Akreas Blick in seinem Rücken. Sie ließen ihn allein eintreten. Schwer fiel die Tür ins Schloss. Es brauchte einen Moment, ehe sich seine Augen an die Dunkelheit gewöhnt hatten. Erst hörte er nur dieses leise Schluchzen, dann zeichnete sich nach und nach die Form einer zierlichen Gestalt ab, die in der Mitte des Raumes kauerte.

»Chantine!«

Das Schluchzen hörte auf. Stille. Erdrückende Stille. »Greg … Gregoire?«, rief das Mädchen ängstlich.

Diese Stimme hätte er überall wiedererkannt, sie gehörte Stella. Was hatten diese Bastarde mit ihr gemacht? Rasch ging er zu ihr, riss sie in die Arme. Sie zitterte vor Angst und Kälte, er versuchte sie zu wärmen, indem er sie noch etwas fester an sich zog. »Wie kommst du hierher?«

Ihr tränennasses Gesicht schmiegte sich an seine Brust. »Verzeih, dass ich an deinen Worten zweifelte. Ich erinnere mich wieder an alles.«

»Ist das wahr?«

Sie nickte kaum merklich. Wusste sie von ihren früheren Leben, ihrer gemeinsamen Vergangenheit?

»An alles! Jennifer Heady, Cecile Armond …«

Er drückte sie enger an sich. »Jetzt bin ich ja da«, versuchte er sie zu trösten. In Wahrheit wusste er aber, dass auch er nur ein Gefangener war. Ein Spielball Akreas.

»Ich habe so oft gelebt – es ist unbegreiflich. Ich verstehe das alles nicht.«

Sie war eine ruhelose Seele, auf der Suche nach Erlösung. Genauso wie er.

»Bring mich nach Hause, bitte.«

Er nahm ihr Gesicht in beide Hände, wischte ihre Tränen mit den Daumen weg und küsste sie auf die Stirn.

»Bitte, Gregoire. Bring mich zurück.«

»Ich kann nicht«, flüsterte er. Ihm tat es in der Seele weh, ihr das zu gestehen.

»Warum?«

»Ich … kann es nicht. Es liegt nicht in meiner Macht.«

»Aber …« Sie schluchzte abermals. »Wie reist du denn sonst durch Zeit und Raum, wie gelangst du ohne die Tür zu nutzen in meine Wohnung?«

»Ich kann es, weil ich schon lange kein Mensch mehr bin. Aber du bist es. Für dich gelten andere Gesetze.« Jetzt war sie nur hier, weil Akrea es gewollt hatte. Sie war die Herrin in diesem Reich.

»Und was wollen die von mir? Warum bin ich hier? Kannst du mir das wenigstens sagen?«

Die Antwort darauf fiel ihm unendlich schwer. »Meinetwegen«, gab er zu, und seine Stimme klang heiser, sie brach.

»Ich verstehe nicht.«

»Sie haben dich entführt, um mich zu bestrafen. Es … tut mir leid.«

Er würde es verstehen, wenn sie ihn nun verachtete. Aber zu seinem Erstaunen schlang sie die Arme nur noch fester um ihn.

»Wer hätte das gedacht?«, erklang plötzlich Akreas Stimme über ihnen. Fackeln flammten auf, unzählige Fackeln, die über ihren Köpfen loderten. Der Raum schien ins Unendliche zu gehen, es gab keine Decke. Über ihnen schwebte ein riesiger Thron, auf dem Akrea saß.

»Sie ist also Chantine LaMare. Das Mädchen auf dem Ball. Wie lange hast du mich zum Narren gehalten, Gregoire? Wie viele ihrer Inkarnationen hast du beglückt, ohne dass ich es ahnte?«

»Ich verachte Euch«, schleuderte er ihr entgegen.

»Ja, ja. Und auch wenn eure Liebe noch so rührend sein mag, sie ist leider nicht für die Ewigkeit bestimmt«, verkündete sie schadenfroh. »Verabschiedet euch voneinander. Dies ist eure letzte gemeinsame Nacht.«

Der Thron sank herab, und Akrea erhob sich, kam bedrohlich auf sie zu. Sie trug kaum mehr als ein paar glitzernde Ketten am Leib.

Schützend stellte sich Gregoire vor Stella. »Wenn du sie mir nehmen willst, dann musst du vorher an mir vorbei.«

»Als wäre das eine Hürde.«

»Ich werde kämpfen bis zum Schluss, notfalls mein Leben geben.«

»Wie niedlich. Da kommen einem ja gleich die Tränen. Tritt zur Seite.«

»Ich denke gar nicht daran.« Sollte er seine Position aufgeben, würde Akrea Stella mit nur einer Handbewegung zerreißen. Akrea wollte ihn für sich haben, die lästige Konkurrenz ausschalten. Ein für alle Mal. Nur er stand ihrem Triumph noch im Wege.

»Narr!«, schrie Akrea und riss ihn mit nur einem Fingerzeig von den Füßen. Etwas Gewaltiges erfasste ihn, wirbelte ihn hoch, weit hinauf. Doch sogleich ließ sie wieder von ihm ab, so dass er rasend schnell dem Boden entgegenraste, schmerzhaft aufschlug. Es fühlte sich an, als wären sämtliche Knochen in seinem Leib gebrochen. Das Blut rauschte wild in seinen Ohren. Akreas Energien verließen seinen Körper, wodurch der Schmerz nur noch intensiver wurde. Es dauerte einen Moment, ehe Gregoire diese Besonderheit erfasste.

Energien, die seinen Körper verließen? Allmählich dämmerte ihm, dass Akrea den Fluch von ihm genommen, ihn zurück in einen Sterblichen verwandelt hatte, und wie ein Sterblicher spürte er nun auch jeden Schmerz.

Sein Körper brannte förmlich. Die Pein breitete sich wie ein Lauffeuer aus. Erfasste ihn von den Zehen- bis in die Haarspitzen. Ein Stöhnen drang aus seiner Kehle. Akrea schlich um ihn herum wie das Raubtier um seine Beute.

»Lass Stella gehen, nimm stattdessen mich«, flehte er. Die Vorstellung, sie könne Stella auch nur annähernd dieselben Schmerzen zufügen wie ihm, brachte ihn um den Verstand.

Akrea lachte. »Ich will deine Geliebte nicht mehr. Hast du das noch immer nicht begriffen? Es gibt eine Planänderung. Du bist es, der heute Nacht sterben wird.«

Ihre Augen glühten rot, sprühten Funken. Gleich einer wilden Furie stürzte sie auf ihn, packte ihn an der Kehle und fuhr die Krallen aus, die sich in seine Haut bohrten.

»Das ist dafür, dass du mich all die Jahrhunderte hintergangen hast, Verräter!«

»Lass ihn los!«, rief Stella und setzte zum Sprung an, krallte sich in Akreas Haare und riss deren Kopf nach hinten, so dass die Meisterin mit schrillen Schmerzenslauten zurücktaumelte.

»Du wagst es?«, schrie sie und befreite sich aus Stellas Griff. Diese wich erschrocken zurück. Akrea lachte. »Du dummes Ding. Ich wollte ihn vernichten, nicht dich! Aber jetzt hast du dein Schicksal selbst gewählt. Ich werde dich zermalmen, dich zertreten wie eine Made.«

Akreas Hand verwandelte sich in eine Klaue, und im nächsten Moment flog auch Stella durch die Luft, schlug gegen die Wand und blieb benommen liegen. Gregoire zögerte keinen Augenblick länger und stürzte sich seinerseits auf die Dämonin, sein Zorn verlieh ihm unbändige Kräfte. Doch noch ehe er auch nur Hand an Akrea legen konnte, erfasste diese plötzlich ein seltsames Glühen, das aus ihrer Brust trat und sich von dort entlang ihrer Nervenbahnen in ihrem ganzen Körper ausbreitete. Etwas pulsierte in ihr. Wild. Immer schneller.

Akrea stieß ihn herunter, wälzte sich von einer Seite zur anderen und schrie dabei so schrill und hell, dass es in Gregoires Ohren schmerzte.

Er verstand nicht, was Akreas Pein verursachte, er erkannte jedoch die Gunst der Stunde, griff nach Stellas Hand und riss sie mit sich, weg von der Dämonin, die in Flammen aufging. Das Feuer fraß sie mit Haut und Haar, bis sie sich nicht mehr regte.

»Was ist mit ihr passiert?«, fragte Stella ängstlich und

wandte den Blick von der verglühenden Kreatur ab. »Hast du das getan?«

Gregoire schüttelte den Kopf. Er hatte nicht die geringste Ahnung, wer ihnen geholfen hatte. Und weshalb. Aber Akrea zerfiel vor ihren Augen zu Asche. Sie war besiegt, und er war immer noch am Leben.

Stella schmiegte sich an ihn. »Bring mich nach Hause, ich bitte dich, bring mich nach Hause.«

Er legte die Arme um sie, wollte sie halten und beschützen. Wenn er das doch nur wirklich gekonnt hätte. Doch er war jetzt auch ein Mensch. Genauso machtlos. Genauso ausgeliefert.

Eine Gestalt trat aus dem Schatten der inzwischen wieder offen stehenden Tür und klatschte in die Hände. »Eine phantastische Vorführung, nicht wahr? Das hat euch wohl beeindruckt.«

»Dulac!« Er war die ganze Zeit hier gewesen, hatte seiner Meisterin nicht geholfen, stattdessen zugesehen, wie sie verbrannte. »Sie hat mir gute Dienste erwiesen. Aber irgendwann hat sie nur noch genervt.«

»Sie hat dir Dienste erwiesen?« Aus Gregoires Sicht war es umgekehrt gewesen. Er verstand jetzt gar nichts mehr.

Ein Strahlen durchfuhr Dulacs Körper, blendete Gregoire für einen Moment, und aus Dulac wurde Dustin Reed, Stellas Chef. Ein Gestaltwandler! Allmählich begriff er, was hier gespielt wurde. Dulac war mitnichten ein Mensch, der sich wie all die anderen Verlorenen Akrea angeschlossen hatte. Er war selbst ein Dämon! Das erklärte auch, weshalb er immer ein Geheimnis um seine Herkunft gemacht hatte.

»Nicht Akrea war deine Herrin, sondern du ihr Meister.

Sie hat dir gedient. Aber warum hast du uns glauben lassen, es wäre anders?«

»Siehst du, Gregoire, du hast schon immer ein bisschen auf der Leitung gestanden. Doch ich mag dich. Deswegen werde ich dir auf die Sprünge helfen. Ich wurde von Menschen aufgezogen, daher kenne ich mich mit ihren Gepflogenheiten aus, ich merkte aber immer, dass mit mir etwas nicht stimmte. Und sie merkten es auch. Es brauchte eine Weile, ehe ich begriff, dass mein Metier Illusionen sind. Ich selbst lebte eine Illusion. Es ist eine Macht, die auf den ersten Blick beeindruckend scheint, aber letzten Endes nur auf Trug basiert.«

Weshalb offenbarte er seine eigene Schwäche? Das verstand Gregoire nicht. Noch dazu war Akrea ein höherrangiger Dämon als Dulac, weshalb hätte sie sich ihm unterwerfen sollen?

»Ich sehe dir an, dass du es noch immer nicht verstehst. Ich gebe zu, das überrascht mich kaum. Du kennst ja unsere Sitten. Der Mächtigste sitzt auf dem Thron, der Schwächste liegt zu dessen Füßen. Ich habe oft im Staub gelegen. Sehr oft sogar. Meine Aufstiegschancen in der Dämonenhierarchie waren, gelinde gesagt, stark beschränkt. Der Zufall wollte es, dass ich in den Besitz einer besonderen Schatulle geriet. Und als ich diese öffnete, hatte ich einen wundersamen Geist befreit, der mir fortan zu Diensten war.«

»Akrea.«

»Als ihr Gebieter verfügte ich natürlich in gewisser Weise auch über ihre Kräfte.«

»Und du hattest dadurch die Macht, sie zu zerstören. Du hast uns gerettet. Warum?«

»Ist das nicht offensichtlich.« Dulacs Blick wanderte zu Stella.

»Ich liebe Chantine. Und wie du wollte ich sie besitzen. Aber ich wusste auch, dass ihr Herz dir gehört. Also musste ich euch entzweien.«

»Du hast das Gift in den Wein getan und dann Akrea zu mir geschickt?«

»Eine räumliche Trennung schien mir nötig. Wie sollte ich damals ahnen, dass ihr immer wieder aufeinandertreffen würdet. Durch alle Zeiten? Ich setzte Akrea auf dich an. Umso besser, dass sie sich tatsächlich zu dir hingezogen fühlte. Aber zusehends verlor ich die Kontrolle über Akrea, weswegen ich mich immer als ihr Diener getarnt in ihrer Nähe aufhielt, um Schaden zu vermeiden. Doch da sie im Begriff war, zu einer ernsten Gefahr für Chantine zu werden, musste ich handeln, indem ich ihre eigenen Kräfte gegen sie richtete.«

»Ich erinnere mich an dich«, sagte Stella plötzlich und wollte sich von Gregoire lösen, aber der hielt sie fest.

Ein Lächeln trat auf das Gesicht von Dustin Reed, der nicht wirklich existierte, dessen Gesicht eine Illusion war, genauso wie die Fratze von Dulac.

»Du bist also ein Illusionsdämon, nicht sonderlich beeindruckend«, sagte Gregoire.

»Ein Illusionsdämon«, bestätigte Dustin Reed. »Aber auch der hat mehr Macht als ein Menschlein.«

Gregoire hatte fast vergessen, dass er seine Unsterblichkeit eingebüßt hatte. Jetzt wandte sich Dulac Stella zu. und die kam ihm auch noch bereitwillig entgegen.

»Der junge Mann im Rosengarten. Der mit dem schönen

Lächeln und den sanften Händen. Das bist du gewesen, nicht wahr?«

»Ja«, gab Dulac zu. Gregoire begriff. Der Mann, der Chantine zur Frau gemacht hatte. Ihre erste Liebe. Wie es ihn schmerzte, dass nicht er selbst dieser Mann gewesen war. Und welche Ironie, dass Chantine letztlich einen gänzlich anderen geehelicht hatte. Einen Sterblichen.

»Die Rosen haben am nächsten Tag wieder geblüht. Sie waren nie verdorrt gewesen, das war nur eine Illusion, oder?«

»Ich hatte meine Kräfte damals nicht unter Kontrolle, musste sie erst beherrschen lernen. Für einen Dämon war ich jung, für einen Menschen sehr alt. Jetzt bin ich ein anderer. Mächtiger als zuvor.« Er streckte ihr die Hand hin. »Ich kann dir alles geben, alles, was du dir wünschst.«

»Die Nacht mit dir war wunderschön. Aber ... du hast recht. Du bist anders. Was ist aus dir geworden?«, fragte Stella plötzlich und blieb stehen.

»Er will dich bezirzen. Alles um ihn ist Trug. Wahrscheinlich sieht er nicht mal aus wie ein Mensch. Er täuscht uns«, redete Gregoire auf Stella ein. Wenn sie sein wahres Antlitz sah, würde sie zurückschrecken. Dämonen waren nicht schön, sie gaben nur vor, schön zu sein.

»Ich sehe Bitterkeit und Hass«, flüsterte Stella.

»Ich sehe Schönheit«, erwiderte Dulac und meinte sie. »Komm mit mir, bleib hier in meinem Schloss. Die Zeit verläuft anders in diesen Hallen. Du könntest für immer leben. Für immer lieben.«

»Das ist nur ein Trick! Er will dich an sich binden«, rief Gregoire verzweifelt, denn er spürte, dass Stella sich immer mehr von ihm entfernte und stattdessen Dulac zuwandte.

»Und was willst du?«, fragte sie Gregoire.

Dich beschützen, dich auf Händen tragen, bei dir sein, wollte er sagen, aber er brachte kein Wort über seine Lippen. Ihr Blick verunsicherte ihn. Ein stummer Vorwurf stand in ihren Augen. Er spürte ein schmerzhaftes Ziehen in seiner Brust. Glaubte sie denn wirklich, Dulac würde sie mehr lieben als er? Gregoire hatte sie durch alle Zeiten gesucht und gefunden. Dulac war dies nicht gelungen. Dafür musste es einen Grund geben!

»Zeig dich mir!«, forderte Stella.

Dustin Reed entglitten die Gesichtszüge.

»Ich will dich sehen«, beharrte sie. »Ich will die Wahrheit kennen.«

»Wahrheit kann trügerisch sein. Sie wechselt ihren Standpunkt. Was für den einen anziehend ist, ist für den anderen verstörend. Weshalb sich nicht der wahren Illusion hingeben. Ist sie nicht viel echter? Viel wirklicher?«

Dieser feige Dämon würde sich nicht zeigen. Damit würde er seinen Trumpf verspielen. Das wusste Dulac, und das wusste Gregoire.

»Aber ich kann in einer Welt, die nur eine Illusion ist, nicht glücklich werden. Kannst du das verstehen?« Sie blickten sich schweigend an. »Das alles hier«, Stella deutete um sich. »Das ist schrecklich für mich. Ich wäre wie eine Gefangene.« Ein Zittern erfasste ihren Körper, sie schlang die Arme um ihren Leib.

Dulac atmete tief durch und senkte den Blick, bedrängte sie nicht länger. Gregoire war überrascht. Es schien, als zeigte er Einsicht. Doch vielleicht war auch das nur ein Trug? Plötzlich ging ein Glühen durch seinen Körper, erfasste diesen und verwandelte seine Gestalt. Die wurde größer, immer größer, Schwingen traten aus seinem Rücken, zerrissen den feinen Stoff seiner Gewänder.

Erschrocken wich Stella zurück. Das Wesen vor ihnen war riesig. Ein Gigant.

Dulacs Fratze war grauenerregend und seine Stimme so tief und furchteinflößend, dass sie wie Donnerhall klang.

»Dein Wunsch ist dir gewährt! Dies ist die Wahrheit«, sagte er verächtlich.

»Nicht doch!«, rief Gregoire, als Stella einen Schritt vortrat. Und die Art, wie sie das Wesen plötzlich ansah, beunruhigte ihn sehr.

*

Stella konnte nicht glauben, was sie sah. Aber hier, in dieser Welt, war alles anders. Jedes Gesetz, das sie für allgemeingültig gehalten hatte, wurde hier mit Füßen getreten. Doch dieses Wesen vor ihr, wenn es auch noch so grässlich aussah, wirkte gleichermaßen vertraut.

Sie spürte Einsamkeit, Verzweiflung. Doch sie konnte Dulac nicht helfen, auch wenn sie es wollte. Aber dieser Ort war nicht für Menschen gemacht.

Und ihr Herz gehörte Gregoire. Das hatte es immer getan. Sie liebte ihn. Tief in seinem Inneren verstand das auch Dustin.

Sie griff nach dem, was einst eine Hand gewesen war. »Ich danke dir«, sagte sie sanft, weil sie verstand, dass er sie freigeben würde. Sie und Gregoire.

»Danke, dass du uns gerettet hast. Aber jetzt musst du uns gehen lassen.«

Das Wesen atmete schneller und heftiger, bebte am ganzen Leib, als würde es jeden Augenblick in unbändigen Zorn ausbrechen. Doch das tat es nicht.

Es nickte nur, löste seine Klaue aus ihrer Hand und zeichnete etwas in die Luft, wo sich ein glühender Spalt bildete, der sich in ein Portal verwandelte.

Sie sah Erstaunen in Gregoires Blick, als er hinter sie trat.

»Ihr müsst euch beeilen, ich kann das Tor nicht lange aufhalten.«

»Kann ich diese Welt verlassen? Der Schutz der Unsterblichkeit ist mir genommen«, wollte Gregoire wissen.

»Du wirst leben und altern wie jeder Mensch. Ich werde auch die anderen in diesem Schloss befreien. Aber jetzt geht!« Das Tor wurde wieder kleiner. Ihnen blieb nicht viel Zeit. Stella griff nach Gregoires Hand und zog ihn mit sich ins Licht.

Ein Gefühl wie bei einer Achterbahnfahrt. Oben und Unten hatten keine Bedeutung mehr. Alles drehte sich. Lichter blitzten auf, flackerten immer schneller und schneller, und dann schlugen sie auf dem Boden auf, irgendwo in Manhattan in einer menschenleeren Straße.

Sie blickte auf zu dem Spalt, der am Himmel verglühte wie eine ferne Sternschnuppe …

Zwei Wochen später

Das 21. Jahrhundert war hektisch und laut. Daran musste sich Gregoire erst noch gewöhnen. Stella würde ihm dabei helfen, so gut sie nur konnte. Sie hatte einen Plan.

Schon am nächsten Tag schleppte sie ihn in eine noble Boutique für Herrenkleidung. An seinem Gesichtsausdruck war zu erkennen, dass ihm die Gewandungen der heutigen Zeit nicht sonderlich zusagten.

»Ich bin nun einmal ein Sohn des 18. Jahrhunderts. Was ist daran verkehrt?«, fragte er, als sie ihm einen edlen Anzug hinhielt, der ihm ihrer Meinung nach perfekt stand. Das helle Anthrazit verlieh ihm etwas Seriöses.

»Daran ist gar nichts verkehrt, aber vielleicht sind dir die Blicke der anderen Kunden entgangen?«

Tatsächlich zog Gregoire in seiner gewöhnungsbedürftigen Garderobe alle Blicke auf sich. Kein anderer Mann trug etwas Schillernderes. Zumindest hatte er auf die Puderperücke verzichtet, doch auf dem Rüschenhemd hatte er bestanden.

Vermutlich dachten die Leute, er käme gerade von einem Kostümball. Tatsache aber war, dass er keine andere Kleidung besaß. Als Diener Akreas war dies nicht nötig gewesen. Doch in der Welt des 21. Jahrhunderts brauchte ein Mann von Welt wie er mindestens zwei Anzüge. Und natürlich Alltagskleidung. Gregoire musste sich von Grund auf neu mit Kleidung eindecken.

Irritiert blickte er sich um und zuckte mit den Schultern. »Den Leuten gefällt vielleicht, wie ich aussehe?«

Stella schmunzelte. »Mir gefällt es auf jeden Fall. Aber jetzt tu mir den Gefallen und probier das mal an.« Sie drückte ihm die Anzugjacke und eine passende Hose in die Hand. Widerwillig verschwand Gregoire in der Umkleidekabine, während Stella davor wartete. Sie war sehr neugierig, wie er in dem Jackett aussehen würde. Bisher hatte sie ihn ja nur in seinem Adelsgewand gesehen.

»Das sieht einfach furchtbar aus«, hörte sie ihn durch den Vorhang schimpfen.

»Lass dich mal sehen, ich gebe dir ein ehrliches Feedback.«

»Niemals. So komme ich nicht raus.«

Sie lachte. Greg konnte ziemlich eitel sein. »Stell dich nicht so an.«

»Nein«, beharrte er.

»Wenn du nicht rauskommst, komme ich rein. Und dann wird es da drin ziemlich eng.«

»Versuch's doch.«

Na schön, er hatte es nicht anders gewollt. Stella schlüpfte hinter den Vorhang und traute ihren Augen kaum, als sie Gregoire sah. Er sah umwerfend aus! Wie konnte er nur glauben, dass ihm der Anzug nicht stand?

Das Jackett betonte seine athletische Figur, die Schultern wirkten breit. Zu den Hüften hin wurde der Anzug schmaler, und sein Po sah in dieser Hose geradezu entzückend aus.

»Siehst du! Ich habe es dir doch gleich gesagt.« Er betrachtete sich kritisch im Spiegel, steckte die rechte, danach die linke Hand in die Hosentasche. »Ich sehe so gewöhnlich aus. Wie jeder Mann von der Straße. Niemand wird erkennen, dass ich von adliger Herkunft bin.«

»Weißt du, Gregoire, der Adel hat in dieser Zeit ohnehin nicht mehr viel zu sagen.«

»Das soll wohl ein Scherz sein.«

Sie schüttelte bedauernd, doch zugleich amüsiert den Kopf. »Hast du dich denn gar nicht mit der Geschichte der Gegenwart beschäftigt? Du hattest doch genügend Zeit, alles genau zu studieren.«

»Ich hatte andere Dinge im Kopf.« Er drehte sich zu ihr um, und sie zupfte seinen Kragen zurecht. »Ich finde, du siehst großartig in diesem Anzug aus.«

»Ist das dein Ernst?«

Er wirkte verunsichert und dadurch geradezu niedlich. Stella nickte.

»So gut, dass ich dich auf der Stelle vernaschen möchte«, flüsterte sie ihm ins Ohr.

Gregoires Augen weiteten sich. Dann schob er sich rasch an ihr vorbei und lugte durch den Vorhang. »Niemand in der Nähe.«

Er zog den Vorhang wieder zu, lächelte sie verheißungsvoll an und schmiegte sich eng an sie, wodurch sie gegen die Kabinenwand gedrückt wurde.

Sie schob ihm das Jackett über die Schultern, knöpfte das Hemd auf und fuhr ihm mit beiden Händen über die haarlose Brust.

Seine Haut fühlte sich wunderbar weich an. Doch unter

der samtenen Oberfläche spürte sie deutlich die harten Muskeln. Er war durchtrainiert, athletisch, doch nicht auf eine übertriebene Weise.

Gregs Hände schlüpften unter ihr Shirt. Geschickt fing er ihre Brüste ein, wog sie und massierte sie zärtlich. Stella seufzte leise. Es fühlte sich himmlisch an. Doch seine Hände verweilten nicht allzu lange an dieser Stelle, sondern wanderten tiefer, über ihren Bauch hin zu ihrem Rock.

Geschickt öffnete er ihren Gürtel. Sie tat das Gleiche bei ihm, zog ihm die Hose herunter und auch die Shorts. Sein erigiertes Glied sprang hervor. Es pulsierte bereits, wippte anzüglich.

Ein verwegenes Lächeln umspielte seine Lippen, dann hob er sie plötzlich ohne Vorwarnung hoch und setzte sie auf sich. Mit einem Stoß war er in ihr. Stella konnte seine Härte spüren. Das wilde Vibrieren. Ihr stockte der Atem.

Sacht drückte er sie abermals gegen die Kabinenwand, wodurch sie Halt gewann. Mit einer Hand hielt er sie fest, die andere widmete sich genüsslich ihre Brüsten.

Stella konnte kaum an sich halten. Ihr Körper war wie elektrisiert.

Das Prickeln war so heftig, die Hitze in ihrem Inneren so enorm, dass sie glaubte, jeden Augenblick zu verglühen.

Auf und nieder bewegten sich seine Lenden, Stoß um Stoß drang er in sie, keuchte und stöhnte. In seinen Augen sah sie unbändige Leidenschaft. Und sein Blick, der auf sie gerichtet war, verriet: Das alles gehört jetzt mir.

Stella genoss diese Botschaft. Sie wollte nichts lieber als die Seine sein. Ihm gehören. Mit Haut und Haar. So lange hatten sie um ihre Liebe kämpfen müssen. Aber hier und jetzt fanden sie endlich Erfüllung.

Die Stöße wurden schneller und stärker. Ihr Unterleib bebte. Verzweifelt versuchte sie, ihre Lustlaute im Zaum zu halten, damit niemand mitbekam, was in der kleinen Umkleidekabine vor sich ging.

Doch dies war schwerer als gedacht. Greg liebte sie so wild und leidenschaftlich, wie sie nie zuvor geliebt worden war. Zu keiner Zeit, in keinem Jahrhundert.

Er wirbelte sie herum, so dass sie mit dem Rücken auf die Bank glitt, die eigentlich als Ablage für Kleidung oder Taschen gedacht war.

Jetzt war er über ihr. Sein Atem ging immer schneller, sein Körper bebte. Und sie spürte, wie er auch in ihr bebte. Es machte sie ganz verrückt.

Seine Lippen näherten sich ihren. Sie hob den Kopf, um seinen Kuss zu empfangen. Und als sie seinen männlichen Geschmack auf ihrer Zunge spürte, geriet sie in Ekstase. Ihre Oberschenkel zitterten ohne Unterlass. Vor Anstrengung, aber auch weil die Lust sie regelrecht übermannte.

Endlich waren sie frei. Endlich konnten sie sich einander ungehemmt hingeben. Wie lange hatten sie darauf gewartet?

Schweiß rann ihr über die Stirn. Der aufregende Moschusduft, den er verströmte, raubte ihr die letzten Sinne. Ihre Finger krallten sich besitzergreifend in seine Schultern. Da zuckte es verräterisch in ihrem Innern. Erst nur ganz leicht, dann immer stärker.

Ihr Stöhnen wurde lauter. Sie versuchte es zu unterdrücken, die Luft anzuhalten. Aber die Lust riss sie einfach mit sich. Stella stöhnte, keuchte, schrie. Und Gregoire tat es ihr nach.

Erschöpft sank er auf sie, blieb liegen. Sie spürte, wie seine Muskeln vor nachlassender Anspannung zu zittern begannen.

Das Nachglühen ließ sie förmlich über den Dingen schweben. Alles war jetzt egal. Auch die Gefahr, von einer Verkäuferin oder einem Kunden entdeckt zu werden. Sie blieben einfach liegen. Genossen die Nähe und Wärme des anderen.

Es dauerte eine ganze Weile, ehe sich Stella besann, die Situation erfasste. Und dann hörte sie ein seltsames Räuspern vor dem Kabinenvorhang.

»Alles in Ordnung, Miss?«

»Oh … ja, ja. Alles bestens.« Sie deutete Greg an, sich schnell wieder richtig anzuziehen. Er verstand und stieg von ihr herunter, so dass sie auch ihre Kleider ordnen konnte.

»Sind Sie sicher? Ich habe so seltsame Laute gehört.«

»Alles bestens, machen Sie sich keine Sorgen.« Das konnte ziemlich peinlich werden, wenn sie die Kabine erst wieder verließen.

Greg wollte aus dem Anzug in seine Gewandung schlüpfen, aber Stella schüttelte energisch den Kopf. »Das bleibt an«, entschied sie und zwinkerte ihm zu.

Als sie sicher war, dass die Verkäuferin nicht mehr vor ihrer Kabine stand, schob sie den Vorhang zur Seite und winkte Greg mit sich zur Kasse.

Die Kunden der vornehmen Boutique starrten unentwegt zu ihnen. Es war wohl anzunehmen, dass sie doch irgendetwas gehört hatten. Stella zuckte mit den Schultern. Dann war es eben, wie es war. Ihr konnte das gleich sein. Im Gegensatz zu den meisten anderen Damen hatte sie immerhin ein äußerst vergnügliches Erlebnis und einen tollen Orgasmus gehabt.

»Wir nehmen den Anzug und die Hose«, sagte sie zu der Kassiererin und deutete auf Greg, der wieder beide Hände in den Hosentaschen vergrub.

Als die junge Frau ihn erblickte, blieb ihr der Mund offen stehen. Stella bemerkte dies mit Genugtuung. Sie hatte doch gleich gewusst, dass dieser Anzug wie für ihn geschaffen war. Er sah wie ein fleischgewordener Traum aus. Und genau genommen war er das ja sogar.

Stella zückte ihre Kreditkarte und ließ die Summe abbuchen. Dann hakte sie sich bei Greg ein und verließ mit ihm gemeinsam den Laden.

»Hast du gesehen, wie die uns alle angeschaut haben?«, fragte er besorgt.

»Die haben deinetwegen so geguckt. Du siehst einfach scharf in diesem Teil aus.«

Greg lachte. »Ja, ja. Du willst mich nur aufmuntern.«

»Nein, will ich nicht.« Sie zwinkerte ihm zu. Dann lief sie zur Straße und hielt ein Taxi an.

»Komm, wir haben noch einiges vor uns.«

Sie stiegen ein.

»Wohin geht es denn jetzt noch?«

»Zum A-Key-Komplex«, antwortete Stella geheimnisvoll. Ihr Plan umfasste nämlich noch etwas ganz anderes.

Die Fahrt dauerte knapp zwanzig Minuten, dann kam das riesige Bürogebäude in Sicht.

»Hier arbeitest du also?«, fragte Greg und schaute aus dem Fenster.

»Nicht nur ich, du vielleicht bald auch. Du hast jetzt nämlich ein Vorstellungsgespräch.«

»Was?«

Das Taxi hielt. Sie bezahlte, und sie stiegen aus.

»Das ist nicht dein Ernst, du hast ein Vorstellungsgespräch für mich arrangiert?«, fragte Greg verzweifelt und folgte ihr. »Ist dir klar, dass ich keine Ahnung habe, wie ein Vorstellungsgespräch in dieser Zeit funktioniert?«

»Ich weiß.«

»Zu meiner Zeit hat man gesagt, ich will Euch dienen, und die Sache war erledigt. Entweder man wurde angestellt oder nicht. Natürlich war es von Vorteil, wenn man Erfahrung aufweisen konnte.«

Sie betraten den Fahrstuhl, und Stella drückte auf den obersten Knopf. »Sei nicht so nervös. Es wird sich schon alles finden.«

»Du hättest mich zumindest vorwarnen können.«

»Hab ich doch gerade.«

Der Fahrstuhl setzte sich in Bewegung.

»Ich weiß gar nicht, was ich sagen soll.«

»Vertrau mir.« Sie zwinkerte ihm zu, und mit einem Pling öffnete sich die Fahrstuhltür. Greg folgte ihr zum Büro des Abteilungsleiters. Es war eine Wonne, ihn einmal sprachlos, direkt nervös zu erleben, wo er doch sonst vor Selbstbewusstsein strotzte.

»Ist der wenigstens nett?«

»Wer?«

»Der Abteilungsleiter?«

Sie öffnete die Tür, winkte ihn herein und grinste von einem Ohr zum anderen. »Der Abteilungsleiter steht direkt vor dir.«

Erst da schien Greg zu verstehen. »Sie haben dir den Job doch noch gegeben?«

»Nachdem Dustin Reed ausfiel, war das die logische Schlussfolgerung.«

Sie machte die Tür hinter ihm zu, setzte sich an ihren Schreibtisch und faltete die Hände. »Ich werde dich neben Lizzy platzieren, die dich auch einweisen wird. Zwei Gehälter werden uns das Leben erleichtern.«

»Klingt gut.«

Sie war froh, dass er einverstanden war und die Sache offenbar locker sah.

»Und was passiert nun?«

»Du wirst mich zuerst von deinen Qualitäten überzeugen müssen, bevor ich dich fest einstelle.«

»Ich soll also Überzeugungsarbeit leisten?« Er zog seine Anzugjacke aus, hängte sie über die Stuhllehne und knöpfte sich langsam das Hemd auf.

»So in der Art hatte ich mir das vorgestellt.« Sie rollte ihren Bürosessel ein Stück weit zurück, so dass er sich problemlos vor sie hocken konnte.

Seine Hände legten sich auf ihre Oberschenkel, schoben sacht den Rock hoch. Wo auch immer er sie berührte, bildete sich sogleich eine Gänsehaut, und heißkalte Schauer jagten ihr über den Rücken.

Er grinste sie an. »Haben Sie einen besonderen Wunsch, Frau Chefin?«

Da musste Stella nicht lange überlegen und deutete zwischen ihre Schenkel. »Ich habe Erkundigungen über Sie eingezogen und mir sagen lassen, dass Sie der Beste in dieser Region sind.«

»Sagt man das?«

Sie nickte. Vorsorglich hatte sie auf einen Slip verzichtet. Greg schob den Rock noch ein Stückchen höher, und seine Augen leuchteten förmlich, als er ihr Zentrum erspähte. Andächtig legte er seine Hand auf ihre Scham, kraulte sie sanft. Süße Blitze jagten durch ihren Unterleib.

Stella lehnte sich zurück und schloss die Augen. Dann spürte sie, wie er die Hand wieder wegnahm und stattdessen etwas Feuchtes ihre Schamlippen berührte. Ein Schmatzen erklang. Gefolgt von einem zärtlichen Kuss. Und schließlich setzte er seine Zunge ein.

Niemand konnte das besser als er. Davon war sie überzeugt. Sie spreizte die Beine noch etwas mehr, und dann versank er in ihr, leckte über ihre Spalte, zupfte an den kleinen Schamlippen, kostete begierig von ihrem Quell, um sich schließlich ganz auf ihre Perle zu konzentrieren.

Sanft umschlossen seine Lippen sie, saugten an ihr, bis es herrlich prickelte. Stella biss sich genießerisch auf die Lippe. Wieder und wieder, in demselben Rhythmus tippte er mit seiner Zungenspitze gegen ihre Klit, reizte sie in einem fort, und Stella spürte, wie ihre Lust wuchs, wie es heftig in ihrem Inneren pulsierte. Aber dann hörte Greg auf.

Sie öffnete die Augen, blickte ihn fragend an.

»Ich habe auch noch Erfahrung in anderen Fachbereichen. Wenn ich Ihnen das einmal demonstrieren dürfte?«

Er entledigte sich seiner Hose und der Shorts. Beeindruckend ragte sein Schwanz empor. Sie hatte nie einen größeren gesehen. Diesen richtete er auf ihre Pforte aus, dabei drückte er mit einer Hand ihren Stuhl etwas zurück, so dass sie in eine liegende Position gelangte.

Stella erschrak, stieß einen leisen Schrei aus, aber gewöhnte sich sogleich an ihre neue Lage. Greg drang in sie. Vorsichtig, behutsam, wie sie es von ihm gewöhnt war. Doch in seinem Inneren brodelte ein Vulkan.

Wer hätte es ihm verdenken können. Er war schließlich lange genug, wenn auch nur zum Teil, ein Dämon gewesen. Und das ließ er sie spüren. Er stieß immer tiefer in sie. Seine Lenden bewegten sich vor und zurück, immer schneller und schneller.

Er trieb die Hitze aus seinem Körper in ihren, so dass Stella glaubte, gänzlich den Verstand zu verlieren. Sie stöhnte, keuchte vor Glück, weil dieser Mann endlich ihr gehörte und sie zusammen sein durften. Sie liebte ihn und wollte den Rest ihres Lebens mit ihm verbringen.